Un cálido anochecer

This Large Print Book carries the
Seal of Approval of N.A.V.H.

Un cálido anochecer

Barbara Daly

Thorndike Press • Waterville, Maine

Published in 2005 by arrangement with Harlequin Books S.A.
Publicado en 2005 en cooperación con Harlequin Books S.A.

Thorndike Press® Large Print Spanish.
Thorndike Press® La Impresión grande española.

The tree indicium is a trademark of Thorndike Press.
El símbolo del árbol es una marca registrada de Thorndike Press.

The text of this Large Print edition is unabridged.
El texto de ésta edición de La Impresión Grande está inabreviado.

Other aspects of the book may vary from the original edition.
Otros aspectros de éste libro podrían variar de la edición original.

Set in 16 pt. Plantin.
Impreso en 16 pt. Plantin.

Printed in the United States on permanent paper.
Impreso en los Estados Unidos en papel permanente.

Library of Congress Cataloging-in-Publication Data

Daly, Barbara, 1939–
   [Long hot Christmas. Spanish]
   Un calido anochecer / by Barbara Daly.
        p. cm. — (Thorndike Press large print Spanish)
   ISBN 0-7862-7517-0 (lg. print : hc : alk. paper)
   1. Large type books.   I. Title.   II. Thorndike Press
large print Spanish series.
PS3604.A438L6618 2005
813'.6—dc22   2005002509

Un cálido anochecer

Capítulo uno

LAS hermanas de Hope Summer estaban otra vez conspirando contra ella.

—Estaba pensando más bien en un gato —les informó—. No necesito a ningún hombre.

—Solo para ir acompañada —dijo Faith.

—Claro, exclusivamente como escolta —añadió Charity.

—Y más ahora que las vacaciones se acercan —afirmó Faith.

Hope se arrepintió del día en que les había enseñado a poner conferencias a tres. De otro modo, como Faith iba a estar un tiempo en Los Ángeles y Charity en Chicago, tendrían que haberla atacado por separado. Y así, no habrían podido con ella. Pero contra las dos a la vez, tenía que hacer un gran esfuerzo por salvar su vida. O en ese caso, su modo de vida.

¿Y qué había de malo en su forma de vida? Nada. Le encantaba vivir en Nueva York. Era una mujer con un buen trabajo que podía permitirse comprar ropa cara. Es decir, cuando encontrara tiempo suficiente para hacerlo. Podía permitirse unas vacaciones de lujo, si es que alguna vez hacía un hueco en su agenda para ello. Y también tenía un apartamento con unas vistas maravillosas, aunque lo cierto era que casi nunca podía estar en él.

—Lana dice que es muy simpático —insistió Faith.

—¿Lana? ¿La cantante roquera? Lana se echa novios con chaquetas de cuero y motos. Me lo dijiste tú misma.

—Así lo conoció —continuó Faith—. Su novio actual es un brillante programador informático. «El Tiburón» lo defendió en un juicio contra una de las grandes compañías informáticas.

—¿«El Tiburón»?

—En realidad, su nombre es Sam Sharkey —acla ró rápidamente Charity—, pero es conocido como «el Tiburón».

—¿Y ganó?

—Por supuesto. Y mientras esperaban la decisión del juez, se pusieron a hablar y «el Tiburón» dijo que estaba harto de ser el soltero de oro, pero que no pensaba casarse hasta que consiguiera ser socio de la empresa en la que trabajaba.

—Da igual —la interrumpió Charity—. El novio de Lana se lo contó a Lana y ella le dijo que se parecía a ti. Además, resulta que «el Tiburón» vive también en Nueva York... bueno, una cosa llevó a la otra, ya ves.

Así estaba la cosa. Sus propias hermanas estaban tratando de concertarle un cita con un abogado que había representado en un juicio a un roquero acusado de plagiar programas informáticos. Lo del gato le parecía cada vez mejor solución. Uno normal con una piel bonita o quizá uno de pelo largo y suave, al que fuera agradable acariciar.

A Hope le gustaba su vida y estaba encantada con su trabajo. Lo único que quería era llegar a ser, a sus veintiocho años, la vicepresidenta más joven de Palmer. Luego entraría en la siguiente fase de su vida, donde podrían verse incluidos el amor y la felicidad. Quizá entonces sí buscaría un hombre con pelo fuerte y suave al que poder acariciar...

—Escuchad, os agradezco muchísimo lo que estáis haciendo por mí, pero para salir de este bache no necesito a ningún hombre para que me acompañe a salir por ahí.

Echó un vistazo a la pantalla de su ordenador y esbozó una sonrisa. Eran más de las nueve de la noche y seguía en su despacho. Sus compañeros se habían ido ya. Hasta San Paul, «el Perfecto» se había ido a casa con su encantadora mujer e hijos. Sabía que se había ido porque se había asomado a su despacho para saber si ella seguía allí, y al ver que estaba, se había visto obligado a inventar una disculpa para explicar su pronta retirada. Le había dicho que tenía que buscar algo para la obra de teatro de la parroquia, en la que su hijo pequeño sería el protagonista y su hija, un angelito.

No había ninguna razón para que no pudiera irse a casa, pero allí seguía Hope, haciendo solitarios.

—Lo que quiero es conseguir un gato y decorar un poco el apartamento. Sheila me va a mandar una decoradora muy buena que se llama Yu Wing.

Se oyeron risitas al otro lado de la línea.

—¿Vas a contratar a la decoradora que Sheila te ha recomendado? —gritó Charity.

El hecho de haber perdido a sus padres siendo aún unas niñas había unido mucho a Hope y sus hermanas. Incluso en ese momento, en que estaba cada una en una punta del país, se contaban todo lo que hacían. Para algunas cosas, eso estaba bien, pero para otras no.

—Sí, es una decoradora que Sheila me ha recomendado. Aplica las técnicas del Feng Shui y Sheila asegura que es…

—Sheila está loca —declaró Faith.

—¿Y Lana no?

Hubo un silencio.

—La última vez que vi a Lana, pensé que había madurado mucho —comentó Charity.

—El amor la ha cambiado —dijo Faith con voz soñadora.

—Es lo que suele pasar —añadió Charity, aunque su voz no era en absoluto soñadora. Charity era la más pequeña y la más guapa de las tres. Tenía además un cerebro privilegiado. Sin embargo, a sus veintiséis años, todavía no había encontrado ningún hombre que fuera capaz de ver más allá de su físico. Aunque Hope no culpaba a los hombres por esa debilidad en particular.

—El que el amor los haga felices a algunos...

—¿Quién está hablando de amor? —replicó Charity.

—Estábamos hablando solo de hacer un trato —dijo Faith.

—Para ayudarte a pasar las vacaciones —añadió Charity—. Sé que te han ofrecido ir a un montón de fiestas, pero que odias ir sola.

—Lana dice que a él tampoco le gusta —intervino Faith—. Quiero decir, ir solo. Dice que las chicas no lo dejan en paz.

—Así que podíais ir los dos juntos para protegeros el uno al otro —concluyó Charity, totalmente convencida de la solidez de su argumento.

—Si él te gusta, claro —aclaró Faith.

—Da igual que me guste o no, ¿no es así?

Al fin y al cabo, solo se trata de que me acompañe.

—¿Entonces vas a conocerlo? ¿Hablarás con él para ver si os entendéis?

—Él está de acuerdo con la idea —aseguró Charity.

—¿Ya lo habéis arreglado todo?

—Por supuesto que no. Nosotras solo le dimos tu número de teléfono.

—Sí, el de tu casa, el del trabajo y el del móvil —explicó Charity.

—¿Y no le habréis dicho quizá que estaba interesada? —preguntó Hope, levantándose y disponiéndose a salir del despacho.

—Más o menos.

—¡Que sepáis que os voy a borrar de mi testamento!

—¿Has hecho ya testamento?

Al día siguiente, que era miércoles, Hope estaba en casa a las siete de la tarde. Normalmente solo llegaba a las siete los jueves, pero Sheila le había concertado una cita con la decoradora para el jueves, obligándola a cambiar su rutina de los jueves al miércoles.

Estaba un poco molesta con Sheila por ello, pero sabía que sus hermanas tenían razón y que debía tratar de ser un poco más flexible y dejar a un lado su rutina.

La decoración de la casa era para Hope un elemento más de la imagen que tenía que dar de mujer triunfadora. En cuanto a la rutina que seguía religiosamente los jueves y los domingos, incluía una breve cena, después de la cual se aplicaba una mascarilla nutritiva en la cara y se daba un baño de pies de burbujas. Mientras se daba el baño, se hacía ella misma la manicura. Cuando se secaba los pies, se hacía la pedicura y, finalmente, se quitaba la mascarilla de la cara y, con ella, toda la suciedad y las toxinas.

Se quitó el traje azul marino y su camisa de seda y se puso un albornoz blanco. Era caliente y agradable, contrastando así con el ambiente del apartamento. Se puso sus zapatillas a juego y fue a la cocina para prepararse la cena en el microondas.

Le había costado un gran esfuerzo decidir si la segunda cita con el decorador sería en miércoles o jueves. Aunque como la primera había sido un jueves, ya se había hecho una rutina. De todos modos, pensaba decirle a Sheila que...

—¡Basta! —se dijo en voz alta.

Aquella tarde, a Samuel Sharkey le sucedió algo milagroso. El cliente con el que tenía que reunirse se puso enfermo y se encontró con un hueco en su agenda. Tenía hora y media libre antes de cenar con unos clientes.

Había disfrutado mucho defendiendo a Dan Murphy contra la empresa de informática que aseguraba que Dan les había robado un programa. Además, le había caído muy bien Lana, la actriz con la que salía Dan. Cuando este se había puesto a hablar de Lana, él a su vez le había comentado que su vida amorosa era un desierto.

A Dan se le había ocurrido que «el Tiburón» necesitaba una tiburón hembra con la que ir a nadar y Lana había añadido que conocía a la chica perfecta. Sam no se lo creía, claro, pero estaba impaciente por comprobar si era cierto.

Encontró la tarjeta al fin y marcó el número de su despacho. Le contestó un contestador automático con una voz fría e impersonal. Marcó entonces el número de su móvil y otra vez le contestó la misma voz fría e impersonal. Consultó el reloj: las siete y media. Si la mujer se había ido ya a casa, quizá no fuera el tipo de persona que estaba buscando. De todos modos, marcó el número.

Hope se tomó el pollo en pepitoria sin degustarlo, pero quizá había sido mejor así.

Y a continuación, empezaría con su tratamiento de belleza rutinario. Ponerse el acondicionador en el pelo, envolvérselo en una toalla, ponerse la mascarilla en la cara y extender la pasta verde con cuidado. La etiqueta prometía milagros y dado su precio era mejor creérselo. Se estaba lavando las manos cuando sonó el teléfono.

—¿Hope Summer?

—¿Quién llama?

—Sam Sharkey. Me dio su número Lana, que es amiga de Faith…

—Oh, sí —Hope reconoció en seguida al abogado que quería hacerse socio de la empresa en la que trabajaba antes de casarse.

—Me ha quedado de repente una hora libre y me preguntaba si podíamos vernos. Sé que es algo un poco precipitado, pero prometí a Dan que la llamaría.

—¿Dan? El…

—Mi cliente. El brillante programador informático.

—Ya —«el roquero», pensó ella—. Bueno, pues estoy de acuerdo con usted en que es un poco precipitado. Quizá lo mejor fuera decirles a todos que hemos hablado y que hemos decidido no seguir viéndonos.

—La verdad es que me apetecía conocerla.

—A mí también —aseguró Hope—, pero esta noche no puedo. Ahora mismo estoy con una mascarilla facial.

Sam estuvo a punto de gastarle una broma al respecto, pero finalmente no lo hizo.

—Tengo que tenerla puesta cuarenta y cinco minutos —le explicó—. De todos modos, por lo menos hemos hablado. Aunque haya sido poco tiempo.

—No se preocupe tanto por su aspecto —dijo él—. Lana ya me ha dicho que es usted bastante agraciada.

—¿Mi hermana me ha descrito como agraciada? —preguntó con voz gélida.

Sam soltó una maldición para sí. Era abogado y se suponía que era un experto en elegir las palabras adecuadas. También sabía que a veces era preferible mantener la boca cerrada.

—No, no fue su hermana. Le pregunté a la novia de Dan si era usted agraciada y ella me dijo que sí. Pero no de una manera... ambigua, no. Me dijo: ¡cla ro que es guapa! ¡Muy guapa!

Sam se quedo en silencio, consciente de que no lo estaba haciendo nada bien. «Vamos, Summer, diga que sí. Estamos perdiendo el tiempo».

—Creo que estamos perdiendo el tiempo —dijo ella.

A Sam se le cayó entonces su móvil al

suelo. Lo recogió inmediatamente.

—¡Hola! ¿Sigue ahí? —oyó que estaba diciendo ella.

—Lo siento.

—Solo decía que tendríamos que tomar una decisión rápida.

—Yo pienso lo mismo. Estaré en su casa en... —Sam se fijó en el número de la calle que estaba—... un par de minutos.

Hope abrió la puerta y se asomó. Le entraron ganas de cerrarle la puerta en las narices para luego dejarse caer en el sofá hasta que le dejaran de temblar las piernas.

Estaba preparada para encontrarse con un hombre atractivo, elegante y bien educado. Pero no lo estaba para ver casi dos metros de músculos, piernas y hombros, todo envuelto en un abrigo negro y masculino. Tenía el cabello corto y oscuro, y su piel era de un moreno que ella no conseguía jamás por mucho que se lo propusiera. Finalmente, se fijó en sus ojos azules, que la examinaban con una velada curiosidad.

Sería un encuentro maravilloso... si su cara no estuviera cubierta de pasta verde.

Aunque pensándolo bien, se alegraba de tener la mascarilla y de poder esconderse así tras ella. La virilidad de él era impresionante.

Era el tipo de hombre que toda mujer deseaba y le iba a ser difícil mantener una relación con él donde se limitara a ser su acompañante para actos sociales.

De hecho, no iban a tener ninguna relación. Un hombre así terminaría alterando toda su vida.

Pero no podía darle un portazo.

—¿Sam? ¿Alias «el Tiburón»?

—El mismo.

Con la sensación de que se estaba equivocando, abrió la puerta y le hizo un gesto con la mano.

—Siento lo de la mascarilla. Si hubiera sabido…

—No se preocupe. Tengo hermanas a las que he visto muchas veces con mascarillas verdes y rodajas de pepino sobre los ojos.

El hombre sonrió y su sonrisa no era la de un tiburón; era cálida y comprensiva. A Hope comenzaron a temblarle las rodillas, pero consiguió ponerlas finalmente rígidas para dar una respuesta.

—Déjeme su abrigo. Por favor, siéntese. ¿Le apetece una copa de vino? Me temo que no puedo acompañarlo, porque todavía tengo…

—No, gracias, todavía tengo…

—… trabajo que hacer —dijeron al unísono.

Y Hope no pudo resistir la tentación de sonreír le. Al notar que le tiraba la mascarilla, se puso seria de inmediato. Pero eso no cambió el alterado ritmo de su corazón, ni tampoco la hizo olvidarse de que debajo del albornoz, no llevaba nada.

—Ese es nuestro problema. O por lo menos, mis hermanas piensan que es un problema.

—¿Le gusta su trabajo? —Sam miró a su alrededor—. ¡Es una vista maravillosa!

Luego se dirigió hacia los sillones y se hundió en uno.

—Me encanta —contestó Hope.

No pudo evitar darse cuenta de que el hombre parecía en aquel objeto italiano de diseño, tan incómodo como ella misma. Y eso que había pagado por ellos una millonada.

Se propuso preguntarle a su decoradora cuál sería el problema y aquella fue la primera vez que pensó que de verdad la necesitaba.

Y si no se andaba con cuidado, empezaría a pensar también que necesitaba un hombre. Se dio cuenta de que debía tener un aspecto un poco inseguro, de pie en medio de su propio salón, y fue a sentarse en otro de los sillones.

—Yo no sé siquiera si me gusta el mío

—contestó Sam con cara pensativa—. No tengo tiempo de pensar en ello. Lo único que sé es que estoy decidido a triunfar en él.

—Bueno, yo también.

En ese momento, la palabra «vicepresidenta» se encendió como una bombilla en su mente.

—Hábleme de su trabajo —sugirió él.

—Trabajo en Palmer. En la sección de Márketing.

—Palmer... me suena. Debería saber qué es, pero...

Ella, que se estaba imaginando en ese momento a Sam abriéndole el albornoz y acariciando sus senos, volvió de repente a la realidad, a su trabajo, su verdadero amante.

—Nos dedicamos a las cañerías.

Dijo la palabra como otra mujer habría dicho perlas o Pashmina, o Porsche. Al terminar, se pasó la lengua por los labios.

—¿Cañerías?

—Sí. De cobre, de plástico, de hierro, de acero... La vida funciona gracias a las cañerías. Las cañerías gobiernan el mundo y las mejores son las de Cañerías Palmer.

—¿Se lo ha inventado usted? ¿Lo de que las cañerías gobiernan el mundo?

—Por supuesto que no. Lo sacamos de

una agencia de publicidad. Pero eso sí, yo elegí la agencia.

Hope lo miró con tanta expectación, que le recordó a una de sus hermanas, cuando lo miraban buscando su aprobación por algo que acababan de hacer. Y él, entonces, siempre hacía lo posible por hacerlas sentirse bien.

Había visto a sus hermanas con mascarillas de arcilla y pepino. Con bigudíes en la cabeza y sin maquillar, pero sus hermanas no tenían el tiempo ni el dinero para cuidarse como podía hacerlo una mujer como Hope. Para ellas era una victoria tener el pelo recién lavado y los niños calzados.

Y él quería cambiarles aquello, quería cambiar sus vidas austeras y convertirlas en ciudadanas de clase media.

Pero ese no era el momento más adecuado para ponerse a pensar en sus hermanas.

—Es un buen eslogan. Ha hecho un buen trabajo.

—Gracias, es mi trabajo. Y eso es lo único que me importa. ¿Y usted? Quiero decir, sé que es abogado, pero...

—Soy colaborador de Brinkley Meyers.

—¿Brinkley Meyers? Su empresa es entonces la que está defendiendo a Palmer en el caso de Magnolia Heights.

Sam chasqueó los dedos.

—Por eso me sonaba el nombre.

—¿Está usted trabajando en el caso?

—Esperemos que no llegue a eso —sonrió—. Estoy en litigios. Y mi departamento no se implicará a menos que el caso llegue a los tribunales.

—Oh, no llegará —dijo ella con seguridad—. Y ahora, estaba diciéndome que es un colaborador de Brinkley Meyers...

Con eso Hope quería decir que fuera al grano. Él se echó hacia delante.

—Un colaborador independiente, que está decidido a conseguir hacerse socio de la firma. Este año, si puede ser.

—Así que usted es el soltero de oro al que invitan a todas las fiestas. Lo invitan porque tienen una hija, o amiga, o alguien con quien emparejarlo. Y usted no puede decir que no porque no quiere ofender a ningún futuro cliente.

—¿Ha pasado usted también por eso?

—Estoy pasando por eso —bajó sus grandes ojos verdes—. Acaba de describir mi vida social. Estoy decidida a llegar a ser vicepresidenta del departamento de márketing cuando August Everley se jubile en enero. Eso quiere decir que cada movimiento que hago puede tener consecuencias en el futuro.

—Si no demuestras interés, se enfadan —continuó Sam—, pero si muestras interés y luego no continúas con ello, se enfadan aún más. Una persona que no lo entiende, alguien como su hermana Faith, por ejemplo, se pregunta por qué no encuentra un amigo verdadero y se olvida de todo eso.

—O sus hermanas —dio ella—. Probablemente no dejen de pensar en cuándo se decidirá a buscar una mujer que de verdad le guste. Pero usted no dispone de tiempo para buscarla y menos aún para mantener una relación con ella cuando la encuentre.

—Sí, parece que ninguno de los dos estamos preparados para comprometernos —asintió él.

—Cierto.

—Y de ahí, la posibilidad de hacernos compañía el uno al otro, digamos, sin compromiso. Yo voy con usted a las fiestas a las que la inviten y usted viene a las mías.

—Solo tendremos que comportarnos amistosamente el uno con el otro para que la gente crea que estamos comprometidos.

—Eso es —replicó Hope, mirándolo de repente con ojos brillantes—. Pero dejemos una cosa clara. Si finalmente seguimos adelante con este ridículo trato, no se le ocurra llamarme «cielo».

—Lo mismo le digo. Si seguimos adelante con esto, yo tampoco seré su «cielito».

Si le apeteciera expresar sus verdaderos sentimientos, que no era el caso, Sam habría admitido que Hope Summer era la persona adecuada. Le gustaba la seguridad que demostraba. Y sin la mascarilla, debía de ser bastante atractiva. Una de esas chicas que saben ocultar sus defectos con cortes de pelo y maquillaje caros. Hablaba bien y sabía que le causaría una buena impresión a Phil, su director ejecutivo, y también a Angus McDougal, el más veterano del departamento de litigios. Y trataría a sus hijos, una niña y un niño, con energía e inteligencia.

Pero estaba yéndose demasiado lejos. Iba unos cinco años por delante. De momento, Hope sería solo su acompañante y no se convertiría en la esposa adecuada hasta que él no consiguiera entrar a formar parte como socio de su empresa y coleccionara unos cuantos años de experiencia y beneficios. No hasta que se sintiera fuerte, tanto profesional, como económicamente.

Los espectaculares ojos verdes de ella lo miraron desde un rostro del mismo color. Bajo la toalla, parecía esconderse una melena castaña. Ojos verdes y pelo castaño, lo normal en una mujer americana. Por otro lado, era más alta que la media... pero no tan alta como él, y eso estaba bien. No podía decir lo que aquel bonito albornoz escondía, pero sí que se ceñía a una pequeña cintura y que parecía abultarse lo suficiente, tanto por encima, como por debajo.

Sí, era la mujer adecuada para ser su acompañante en fiestas de sociedad. Solo tenía que convencerla a ella de que él también era el hombre adecuado para el mismo propósito.

Hope parpadeó entonces un par de veces y consultó abiertamente su reloj.

—Bien, Sam, parece que nos hemos entendido. Y ahora que nos conocemos, dejemos pasar unos días para pensarlo bien antes de vernos de nuevo.

Sam se relajó ligeramente. Todo lo que podía relajarse en aquel apartamento. Miró a su alrededor y lo comparó con el suyo, espartano y rígido. Era extraño, pero se sentía más a gusto allí. Sin embargo, ella no se sentiría bien en el suyo. Pero en cualquier caso nunca la llevaría. Aunque...

—Una cosa más. ¿Qué hay del sexo?

Hope se quedó helada. Sam observó que a ella se le había abierto una grieta en el barro verde.

—No me refiero a ahora —aseguró él—, ni siquiera pronto. Desde luego, no hasta que confiemos el uno en el otro. Pero es que el sexo es una de las cosas importantes para las que no tengo tiempo. Quiero decir, tiempo para desarrollar una relación hasta el punto de... He pensado que quizá a ti también te pase lo mismo y podíamos incluirlo en... O quizá tú no...

—¿Te gusta el sexo? —la grieta se abrió del todo—. ¿Quieres sexo? ¿Necesitas? Yo también, Sam, soy una mujer normal. Pero creo que los hombres tienen métodos para... me refiero a que sé que ellos... Pero por supuesto, no es como si...

—Añádelo a tu lista para la próxima vez que nos veamos —sugirió él, muy tranquilo.

—¿Qué te parece a principios de la semana que viene? ¿Eres alérgico a los gatos?

Sam fue hacia el vestíbulo con una sonrisa en los labios.

No lo era, pero le resultaba curioso que a ella le importara.

Su interés, de todos modos, duró poco. Minutos después estaba en la barra de un restaurante donde sus clientes llegarían en breve. Sam solo se sentía cómodo de ese modo, trabajando.

Capítulo dos

—LA señorita Yu Wing desea verla.
—Hágala entrar —le ordenó Hope al conserje.

Una vez más, contempló la vista que se veía desde la ventana del salón: Central Park, las luces del Upper East Side y las torres de cristal. Miró su cama, el mueble del televisor y los sofás... No sabía qué cambios podía hacer allí una decoradora, aunque tuviera la fama de Yu Wing.

Cuando sonó el timbre de la puerta, fue a abrir.

La mujer pequeña que esperaba en el vestíbulo tenía una enorme cabeza de pelo cano, un abrigo de piel que parecía hecho de varios perros afganos, y un sombrero de vaquero que llevaba en la mano con porte victoriano.

Era evidente por qué llevaba el sombrero en la mano: nunca se lo había conseguido poner en la cabeza. Sin embargo, los ojos azules que la estaban observando desde un rostro pálido y de rasgos afilados demostraban una inteligencia que llamó la atención de Hope.

La indumentaria de la mujer se completaba con una camisa vaquera blanca, unos pantalones también vaqueros y unas botas de tacón alto.

—¿Yu Wing? —preguntó Hope sin sonreír.

La mujer pasó delante de Hope hacia el salón.

—En realidad, me llamo Ewing, Maybelle Ewing, pero la gente espera que una experta en *feng shui* tenga un nombre oriental.

—¿*Feng shui*?

—Claro. Soy decoradora de interiores y experta en *Feng shui*.

Hope estaba intentando traducir rápidamente el acento del oeste de Maybelle Ewing al neoyorquino.

—¡Oh, cielos! —exclamó de repente Maybelle.

Por supuesto, la señorita Ewing había reparado en la vista, que era lo que explicaba el precio del apartamento. Todas las sillas estaban colocadas hacia la ventana y la cama también. No importaba cómo amueblaras el apartamento cuando tenías una vista así.

—En un lugar como este uno puede enfermar fácilmente —dijo Maybelle, poniéndole una mano sobre la frente—. ¿No tienes fiebre o problemas psicológicos?

—No. Escuche, Yu Wing, quiero decir que...

—Llámame Maybelle.

—Escucha, Maybelle, lo único que quiero es que el apartamento sea un poco más acogedor.

—Lo será, cariño, cuando empieces a vivir en él. Estoy segura de que odias incluso entrar en él, ¿me equivoco?

Hope se quedó mirándola.

—Bien, pues no hace falta que te preocupes más por eso, porque Maybelle va a solucionarlo.

—Pero necesito que me hagas un presupuesto antes. Quizá prefieras que te dé un anticipo.

—Da igual, todavía no hemos llegado a eso. Antes de nada, veamos lo que puedo hacer por doscientos dólares. ¿Te importa si hago algunas fotos?

—Claro, claro.

Entonces Hope pensó en la cabeza africana que le había costado el sueldo de un mes, en el gran recipiente de cristal, que también era una obra de arte carísima. Quizá a Maybelle no le importara quitar las dos cosas de en medio.

—Por favor, siéntate —la invitó para intentar calmar la rabia que empezaba a sentir—. ¿Quieres beber algo?

—Claro. Un café me sentaría bien ahora que se acerca la hora de dormir.

—¿Descafeinado?

—No, lo prefiero normal.

Preparó un café hawaiano que tenía y se sirvió un vaso de agua para ella. Luego fue al salón y se encontró con que la decoradora estaba dando vueltas.

Se puso detrás de ella y pensó que era interesante ver cómo la gente daba vueltas antes de elegir uno de los sillones. Lo mismo le había pasado a Sam y a la mayoría de invitados que habían ido, como si buscaran el sitio más cómodo para disfrutar de la vista.

Justo en ese momento, sintió una sorprendente necesidad de hacer que Sam se sintiera cómodo. Pero no necesariamente por la vista. Algo desconocido sonó en su cabeza.

Se sentó rápidamente en uno de los sillones, colocándose en el borde.

—¿Dónde has estudiado?

—Hice un curso por correspondencia —respondió Maybelle, dejando la taza de café sobre la mesa—. Ayúdame con esto.

La mujer estaba intentando arrastrar uno de los sillones. Hope cerró los ojos un instante y luego se apresuró a ayudarla para que no se rallara el suelo. ¡Un curso de decoración por correspondencia! Sus hermanas tenían razón. Sheila estaba loca y, si volvía a verla, cosa que intentaría evitar, la iba a estrangular.

—¿De dónde nació tu interés por la decoración? —preguntó, dando gracias a Dios por no haber firmado nada todavía.

—Bueno, de la época en que vivía en el rancho de mi marido en Texas. En el racho donde él vivió siempre hasta que murió.

—Oh, lo siento.

—No te preocupes. Era él o el toro, y el animal tenía mucha más personalidad. Era más listo, a su manera.

Hope no dijo nada, solo miró el teléfono y calculó el tiempo que tardaría en llamar a la policía. Estaba a punto de agarrar el auricular, cuando alguien llamó.

—¿Hope? Soy Sam.

—¿Sam? —hizo una pausa y notó el latido de su corazón—. Habíamos quedado en que hablaríamos la semana que viene. Creo que lo apunté así en mi agenda. Mi decoradora está en estos momentos aquí, así que...

—Solo será un momento. Es una emergencia.

Pero no parecía que se estuviera muriendo y Hope frunció el ceño.

—¿Qué tipo de emergencia? —quiso saber.

—El jefe de mi empresa organiza una cena mañana por la noche. Uno de los invitados ha fallecido esta tarde, pero la cena seguirá adelante. El problema es que hay dos espacios vacíos porque, claro está, la viuda no está de humor y la cena era para dieciséis, a doscientos cincuenta dólares el cubierto, ¿me sigues?

—Más o menos. Que la empresa de catering os va a cobrar, de todas maneras, dieciséis cubiertos. Y a ti, como miembro más joven de la empresa, te toca llenar esos dos espacios.

—Veo que estás familiarizada con ese sistema.

—Bastante.

Esa era una de las razones por las que ella podría necesitar a Sam o, mejor dicho, a alguien que no mencionara el sexo en la primera entrevista.

Tenía que admitir que le gustaría que ese hombre, el que no mencionara el sexo el primer día, tuviera la voz de Sam, profunda y grave.

Maybelle ya no estaba sentada en el sillón. Hope se giró sin soltar el teléfono y se fijó en que estaba en el dormitorio.

—¿Llenarás uno de esos espacios?

—¿Cómo? Oh, ¿es muy importante para ti?

—Realmente importante. La mujer del jefe va detrás de mí.

—¿La anfitriona?

Maybelle en ese momento estaba en la

32

cocina, mirando las paredes.

—Hasta ahora solo me ha hecho señas con las cejas o pasándose la lengua por los labios. Pero esas familias ricas de Connecticut tienen casas de juego, conservatorios, agencias de mayordomos... Imagina lo que puede ocurrir si le digo que sí. O imagina lo que puede pasar si le digo que no.

—Cualquiera de las dos cosas sería fatal. Para ti, quiero decir, no para ella. Quiero decir... —se alegraba de que no pudiera verle las mejillas.

Pero Maybelle sí podía y lanzó a Hope una mirada bastante expresiva antes de meterse en el cuarto el baño.

—¿Vendrás? ¿Serás mi guardaespaldas?

—De acuerdo, te ayudaré. Será una prueba.

—Llámame mañana a las cinco.

—¿A las cinco? —preguntó, recordando que la mayor parte del trabajo la hacía a partir de esa hora.

—Los viernes hay mucho tráfico y Connecticut está lejos. La cena empieza a las siete. No podemos llegar tarde.

—De acuerdo. Recógeme en mi despacho.

Hope le dio las señas y se despidieron.

Al colgar el teléfono, pensó que sería un alivio saber que al día siguiente llegaría más tarde a casa. ¿Qué le ocurriría a su apartamento que no quería estar nunca allí?

—Siento la interrupción. Veamos, estábamos hablando del toro…

—Ah, sí. Me aburrí mucho aquel primer invierno después de que él muriera. No tenía a nadie con quien pelear y solo había tres canales de televisión. Pero una mañana, viendo ese programa de aritmética que se llamaba «Geometría».

Hope abrió los ojos de par en par.

—¿Conoces esos cursos universitarios que dan por la tele? Da igual, justo después anunciaban unos cursos por correspondencia de la Universidad de Texas y yo pedí un catálogo. ¡La cantidad de basura que puedes aprender sin salir de un rancho!

—Así que te apuntaste para un curso de Geometría.

—De cálculo. Ya había hecho el de geometría y te aconsejaban que siguieras con el de Cálculo.

—Ya.

—Luego hice un curso de Literatura.

—¿Literatura contemporánea americana?

—No, medieval. ¿Conoces los *Cuentos de Canterbury*? La verdad es que me gustaron mucho. Y luego me dije, chica, tus manos se aburren más que tu cabeza. Y era verdad, porque el trabajo de fuera lo hacían los empleados y el de la casa, sus mujeres. Así que decidí hacer un curso de Peluquería.

—¿Un curso de Peluquería por correspondencia? —preguntó Hope, cada vez más decepcionada.

—Sí. Bueno, eso fue frustrante porque solo podía practicar con las ovejas. Las mujeres de los trabajadores del rancho no me dejaban que me acercara con las tijeras. Pero aprendí a arreglarme yo misma el pelo —dijo animadamente—. Y de ese modo, me ahorro bastante dinero, te lo aseguro.

—Ya lo veo —murmuró Hope, mirando su larga cabellera blanca—. ¿Cuánto tiempo tardaste en terminar todos aquellos cursos?

—¡Casi seis meses! Eran muy difíciles —de repente, miró hacia el otro lado del salón y se volvió hacia Hope—. Cariño, ¿tienes un espejo extra para ponerlo en aquella pared?

—¿Un espejo? La verdad es que no.

—No importa. Te traeré uno mañana. Pero no quería estar sin hacer nada —continuó—, y me puse a hacer cerámica. Un viejo amigo me trajo un horno con su camión y me puse a hacer platos hasta que las mujeres se empezaron a quejar del polvo. Luego hice jardinería, pero en Texas solo se pueden plantar cactus. Por cierto, aquí se podría poner alguna planta.

Hope se preguntó si Maybelle estaría tratando de hipnotizarla. Esa era la conversación más extraña, o por lo menos original, que había tenido en años. Y no tenía que hablar, solo escuchar la voz chirriante de Maybelle que quedaba tan bien con su aspecto de gallina. Podía oír a Maybelle y pensar en Sam Sharkey. Al día siguiente, saldría con él. Pero no se trataba de ninguna cita, solo iba a acompañarlo para protegerlo de la esposa de su jefe.

—... *Feng shui* —estaba diciendo en esos momentos Maybelle.

Hope trató de concentrarse en la conversación.

—Y me dije, ¿qué demonios es eso? ¿Y sabes qué descubrí? Que si hubiera sabido todas esas cosas antes, Hadley y yo nos habríamos llevado mucho mejor.

—¿Cómo?

No fue una pregunta, sino un murmullo educado. ¿Cómo podía alguien llevarse bien con aquella mujer? Estaba claro que el pobre hombre debía de estar desesperado para ponerse a luchar con un toro.

—Eso es lo que te voy a enseñar, querida —la mujer se levantó e hizo girar su sombrero sobre un dedo—. ¿Puedo trabajar libremente aquí durante un par de semanas?

—Insisto en que antes de nada...

—Un presupuesto —Maybelle dio un

36

suspiro—. Lo digo en serio, si vosotros, los ejecutivos, pudierais olvidaros por un momento del dinero...

La mujer fue hacia la puerta y Hope la siguió de cerca.

—... y también necesito más referencias —añadió Hope con voz firme—. ¿Fue el curso por correspondencia el final de tu educación profesional?

—¡En absoluto! Me pasé dos años en China y Japón aprendiendo todo tipo de cosas y vine aquí a que me convalidaran el título para que vosotros lo entendierais. Tengo el título de la escuela de decoración Parson. Así que no te preocupes por mis referencias.

—Bueno, de acuerdo. Aquí tienes una llave.

Hope lo dijo sin darse cuenta. Aunque se prometió llamar al día siguiente, a primera hora, a su compañía de seguros. También llamaría a un experto en arte para que le dijeran el valor actual de la cabeza africana y del recipiente de cristal, ya que tenía intención de asegurarlos. Y cuando toda aquella locura terminara, contrataría a una empresa de Manhattan.

Y no volvería a ver nunca más a Sheila.

Y al día siguiente, iba a salir con Sam Sharkey.

Al pensarlo, sintió un escalofrío por toda la espalda.

Sam solo sabía que tenía que verse con una mujer castaña de ojos verdes. Salió del lujoso Lincoln que había alquilado para aquella noche y buscó entre la multitud que salía del edificio. Entonces se acercó a la limusina una mujer que le hizo un gesto. Era guapa, desde luego.

—¿Hope?

—¿Llego tarde?

—Justo a tiempo.

Lo primero que descubrió fue que su cara no era verde. Claro que él no había esperado que lo fuera. Pero no estaba preparado para aquel rostro de piel pálida que resaltaba aún más sus labios brillantes y sensuales, ni para las espesas pestañas que enmarcaban sus bonitos ojos. En cuanto al cabello, ¿por qué había creído que era castaño? Claro, debía estar mojado. Esa mujer tenía un pelo de color cobrizo.

Quizá se lo hubiera teñido.

Bajo una capa suave y gruesa, llevaba un esmoquin, como él. Pero la única similitud eran las solapas de seda. El de ella se componía de una falda corta y de un top de encaje negro de escote bajo, en lugar de la camisa blanca y la pajarita. Y la chaqueta se ceñía a la cintura de un modo que casi le hizo olvidar la razón por la que estaba allí.

Por un instante, Sam se sintió como si le hubieran dado un puñetazo en el estómago. Se subió al coche el primero y dejó que fuera el chófer quien ayudara a Hope a subir. Ya dentro, la ayudó a quitarse la capa, que, por el tacto, era de cachemir. Entonces se fijó en las largas piernas de ella, cubiertas por medias de seda.

Lo siguiente en lo que se fijó fue en el top.

—Espero que no te importe —se disculpó Hope, mostrando un ordenador portátil, que se colocó a continuación sobre sus maravillosas rodillas—. Estaba haciendo algo importante cuando me di cuenta de que tenía que cambiarme.

—No te... preocupes. Yo también he traído trabajo.

De repente, Sam se quedó embelesado con su perfil. Con el pendiente enorme de color esmeralda sobre su preciosa oreja, detrás de la cual llevaba recogido un maravilloso mechón de pelo. También se fijó en sus manos de uñas largas y bien cuidadas, de un color melocotón que hacía juego con sus labios. Uñas que hacían sobre el teclado: *tap-tap-tap...*

Preguntándose si todo aquello no habría sido una mala idea, Sam se inclinó para agarrar su maletín.

Durante unos minutos, en el coche no se oyó nada, aparte de las teclas del ordenador y el ruido del maletín que Sam revisaba. Hope sabía que era un maletín porque miraba con frecuencia en dirección a él, subiendo y bajando la vista para calcular la considerable altura de Sam. ¡Dios santo, qué guapo estaba con el esmoquin!

Ella se había puesto a trabajar en el ordenador para tener algo en qué concentrarse, aparte de él, pero no lo había conseguido. Además, no quería estropearse las uñas para dar una buena impresión a la mujer del jefe de Sam.

—¿Cómo quieres que me comporte esta noche? —le preguntó en un momento dado.

—No lo sé. Como una novia, me imagino.

Pero ella llevaba sin salir con un hombre desde la universidad, creía, cuando había tenido un novio filósofo bastante pedante.

—Por ejemplo... puedo sonreírte y...

—Deberíamos usar palabras cariñosas —dijo Sam—. Ya me entiendes: «cariño, ¿me puedes pasar uno de esos adorables canapés de caviar?» Ese tipo de cosas.

—Me imagino que puedo decir ese tipo

de cosas a mi manera —protestó ella, mirándolo de reojo.

—Como te sientas más cómoda.

¿Cómoda? Estaba incómoda ya, y eso que no había empezado a actuar...

—Por otra parte, no deberíamos fingir que llevamos mucho tiempo juntos —sugirió ella—. Es la primera vez que me ven y se supone que además, si hubieras tenido novia, se lo habrías comentado alguna vez.

Sam frunció el ceño.

—¿No podemos hacer que ha sido un flechazo?

—¿Por ejemplo que nos hemos visto cuatro... o cinco veces, pero que nos sentimos muy enamorados?

Sam asintió.

—Eso es. Los típicos comentarios de preocuparnos con cosas como si tienes frío o calor o si puedo hacer alguna cosa por ti... ya sabes.

—Muy bien —comentó ella—. Y también podemos fingir la típica mirada de admiración por algo que acabamos de descubrir del otro y que no sabíamos. Por ejemplo: «¿Sabes navegar? ¡Oh, qué maravilla, pero si adoro navegar!»

Sam asintió.

—Y yo te miraré como se miran los amantes, que parecen estar pensando lo guapa

41

que es su novia y ponen cara de imbécil.

—Sí... como si estuvieras completamente enamorado de mí —dijo ella—, con la boca y los ojos muy abiertos —al decirlo, le hizo una demostración y sacó su labio inferior lascivamente.

Él se aclaró la garganta y ella confió en que no significara que se estaba resfriando.

—Creo que está todo claro.

—Siento haber interrumpido tu trabajo.

—No te preocupes.

Ella volvió a su ordenador y él a sus papeles.

—Charlene —Sam hizo un gesto con la cabeza—, Phil, os presento a Hope Summer.

—Siento el motivo por el que he sido invitada, pero os lo agradezco igualmente. Sam me ha hablado mucho de vosotros.

Sam la miró sorprendido por el acertado comentario.

—Nos alegramos mucho de que hayas podido venir después de avisarte con tan poco tiempo —contestó Charlene.

La mujer del jefe de Sam era una mujer voluptuosa que llevaba el vestido adecuado y que lo miraba con evidente deseo. Este fingía no darse cuenta, pero era difícil no fijarse en su explosivo cuerpo. ¿Se habría operado el pecho y se habría hecho una liposucción en las nalgas? Se lo preguntaría a Sam luego.

—Por favor, entrad —continuó Charlene—. Poneos cómodos. Sam, tú ya conoces a casi todo el mundo.

—Sí —añadió Phil—. Es un día triste para todos, pero sé que Thaddeus habría querido que siguiéramos con nuestro... ¡Harry! —exclamó, extendiendo su mano, perfectamente cuidada, hacia delante—. ¿Qué tal el golf?

Sam colocó una mano en el codo de Hope y la llevó hacia el magnífico salón. Un espacio de suelo de mármol y techo alto, con grandes ventanales. Al entrar, se encontraron con otro de los invitados.

—Cap, ¿te acuerdas de Hope?

—No, y estoy seguro de que me acordaría.

Al decirlo, su rival en el Departamento Corporativo miró al escote de Hope. Sam siguió su mirada y sus ojos se clavaron en los senos claros que asomaban bajo el encaje del vestido.

Sam soñó momentáneamente con dar un puñetazo a Cap en la mandíbula. Y no solo porque Cap hubiera sido invitado antes que él a aquella reunión, lo que era una mala señal.

—¿Quieres una copa, cariño? —le preguntó a Hope.

—Prefiero un agua mineral con gas, amor —replicó ella, dirigiéndole la maravillosa sonrisa que Sam esperaba—. Con lima. Prefiero empezar suave —añadió, dirigiéndose a Cap mientras Sam ya se dirigía por las bebidas—, especialmente durante las vacaciones.

La zona de las bebidas estaba cerca y Sam volvió enseguida.

—... tuberías. Trabajo en tuberías —estaba diciendo justo en ese momento Hope.

—¡En Palmer! —exclamó Cap, bastante asombrado—. Qué casualidad. Nuestra firma...

—Lo sabe —interrumpió Sam con brusquedad—. El mundo es pequeño, ¿eh?

—¿Y cómo os conocisteis? —preguntó Cap, que parecía cada vez más interesado.

—Conocí a Sam a través de... —empezó Hope.

—Amigos mutuos —aseguró Sam—. Y por primera vez, nuestros amigos hicieron algo sensato —entonces Sam le dirigió a Hope la sonrisa idiota que habían practicado en el coche.

—Bueno, me alegro mucho de haberte conocido.

Y Cap, «la Serpiente», los dejó y se fue hacia el grupo de invitados para buscar a alguien más débil al que ofrecer su manzana. Sam, «el Tiburón», decidió dejarlo marchar indemne... por esa vez.

—Ya hemos tumbado a otro. ¿Quién será el próximo? —preguntó Hope, hablando en voz baja.

—Parece que Charlene se acerca para una segunda ronda.

—Sam, tú serás hoy mi pareja en la mesa. Tu amiga...

—Hope, Hope Summer —dijo Sam.

—Hope Summer se sentará entre Cap, ya lo has conocido, ¿verdad? —la mujer miró brevemente a Hope—, y Ed Benbow.

—¿Vamos a cenar ya? —quiso saber Sam.

—Muy pronto, no seas impaciente —contestó ella, insinuándose—. Ed, ven a conocer a...

—Hope —dijo Hope.

—Summer —añadió Sam.

—Ha sido una ocasión triste la que nos ha traído aquí —dijo Ed.

Hope se volvió hacia Sam.

—Yo ni siquiera conocí a...

—Thaddeus —dijo Sam.

—Un buen hombre —murmuró Ed—. Muy simpático.

Sam le pasó una mano a Hope por detrás de los hombros.

Era importante, por supuesto, comportarse como si él y Hope fueran amantes. O por lo menos, como si estuvieran a punto de serlo. Pero cuando se apoyó en él, Sam notó el escalofrío de placer que recorrió el cuerpo de ella. Así que le entraron ganas de susurrarle al oído que en realidad sería una buena idea el hacerse amantes. Ese estremecimiento de Hope había despertado en él al monstruo dormido que llevaba dentro. Lo malo era que no estaba dentro de él, sino que estaba fuera y todo el mundo podía verlo.

—¿Cuánto hace que conoces a nuestro querido Sam?

—Unas semanas —contestó Hope—. Lo suficiente para saber ya que el trabajo es lo más importante para él.

—Así es Sam —afirmó Ed.

Sam estaba moviendo la mano que tenía sobre los hombros de Hope de un modo natural cuando, de repente, sintió que le tiraban del otro brazo.

—Sam, quiero enseñarte mi nueva orquídea —le dijo Charlene, agarrándolo del codo—. Así dejaremos a Ed y a...

—Hope —repitió una vez más Sam, mirando a Hope con desesperación.

—Eso, Hope... tienes que darle la oportunidad de que haga nuevos amigos.

—Me encantaría ver la orquídea —dijo Hope con entusiasmo—. ¿Te apetece venir a ti también, Ed? ¿Te gustan las orquídeas?

—A mi mujer sí. ¡Tanya!

Una rubia explosiva que tenía la mitad de años que Ed dejó el grupo con el que estaba y se acercó a ellos.

—¿Qué pasa, cariño? Hola —dijo, extendiendo la mano hacia Hope—. Soy Tanya Benbow. ¡Hola, Tiburón! ¿Qué es lo que sucede?

—Vamos a ver las orquídeas de Charlene —le explicó Ed—, y pensé que no querrías perdértelo.

El alegre grupo se dirigió al invernadero, conducidos por Charlene, quien había abandonado su comportamiento femenino y parecía ir marcando un paso militar.

Sam miró a Hope y le guiñó un ojo.

Capítulo tres

—LO hemos hecho muy bien esta noche, ¿verdad?

Acababan de llegar al edificio donde vivía Hope y se estaban despidiendo en la entrada.

—No te sorprendas tanto —dijo Sam, sonriendo con expresión pensativa—. Lo mejor fue cuando atacaste el pie de Charlene, que me estaba subiendo por la pierna...

—Pero como estabais lejos, creo que también le di un golpe a Ed en la rodilla. Aunque, en cualquier caso, mereció la pena.

—Y la expresión que puso ella cuando se encontró con tu pierna...

Hope recordaba perfectamente el momento y había tenido que ponerse a trabajar en el ordenador a la vuelta para olvidarse de la sensación que tuvo al tocar la pantorrilla de Sam con sus pies.

—Sí, mereció la pena —repitió—. Por otra parte, sus orquídeas eran preciosas.

La risa de Sam fue como chocolate caliente en aquella noche fría.

—Así que gracias por esta interesante noche —se despidió Hope.

Sam agarró la mano de ella y se la apretó cariñosamente.

—Confío en que haya más.

—Poco a poco. De momento, esta noche ha salido bien. Ahora te toca acompañarme a mí.

—Claro, ¿cuándo?

—El miércoles que viene por la noche. Mi jefe y su mujer van a celebrar una gran fiesta.

—¿Vas a llevar máscara? —al decirlo, torció la boca.

Hope deseó que dejara de hacer ese tipo de cosas. Tenían un efecto muy extraño en ella. Provocaban una sensación turbadora en su interior.

—Por supuesto que no. ¿Por qué...? Ah, lo dices por la mascarilla facial —la presión de la mano de él le hizo sentir calor en todo el brazo. Una sensación que le subió por el hombro hasta el cuello y le bajó luego hacia los senos—. No. La mascarilla solo me la pongo los jueves y domingos.

—Pero...

—No empieces a criticar mi horario.

Tenía que haber un modo de recuperar su mano sin hacer una escena, se dijo. Aunque en realidad el contacto con Sam era muy agradable.

—Así que buenas noches, Sam. Nos

vemos el miércoles —al soltarse de él, se sintió aliviada.

Pero enseguida sintió frío.

—Te recogeré en tu casa —afirmó él con expresión indecisa—. Hiciste un gran trabajo hoy. No creo que haya ningún manual de buenas maneras... —la miró a la cara—. No, me imagino que no.

Sam entonces se metió en la limusina y, antes de desaparecer tras el cristal ahumado, dirigió a Hope una sonrisa traviesa.

Hope se volvió hacia el portal y notó cómo le apretaban los zapatos. Era curioso que solo se hubiera dado cuenta de ello en el momento en que Sam se había ido.

—Buenas noches, Rinaldo —saludó al portero, dirigiéndose hacia el ascensor.

Mientras subía, pensó que había sido muy divertido aparentar ser la novia de Sam por una noche. Era un hombre atractivo, inteligente y tenía una meta en la vida. Se había destapado como un conversador brillante durante la cena y la mujer de su jefe no había sido la única que la había mirado con envidia.

De pronto, ya no le parecía tan mal el que fueran a ir juntos a las fiestas de sociedad a las que los invitaran a ambos.

Pero tenía que controlar sus emociones. Cuan do sus rodillas se habían chocado, cuando sus hombros se habían rozado, cuando Sam la miraba con su sonrisa maravillosa, ella se había preguntado si podría soportarlo durante mucho tiempo. ¿Qué mujer no se rendiría ante él? Sam era un hombre apuesto y muy viril.

Recordó una vez más cuando le había pasado el brazo por detrás de los hombros y cuando la había acariciado. Incluso en ese momento le parecía sentir su aliento, haciéndole revivir el deseo que había provocado en ella. Un deseo que la había dejado preocupada, sobre todo, en relación a la propuesta de él respecto al sexo. Él no había vuelto a sacar el tema. Quizá se le había olvidado. ¡Ojalá se le olvidara cuanto antes a ella!

En cuanto abrió la puerta de su apartamento, la recibió la imagen de los rascacielos de Nueva York y la hizo sentirse serena y feliz.

No encendió las luces enseguida. Quería prolongar la sensación de quietud y darse tiempo para recordar la velada… y a Sam.

Tiró su maletín sobre el sofá como siempre hacía y se agachó para quitarse los tacones. Entonces oyó el golpe seco del ordenador contra el suelo de madera.

Con mano temblorosa, encendió la luz y dio un grito. ¡Había allí alguien vestido completamente de oscuro!

Un segundo después, se apoyó contra la puerta, resoplando. ¡Gracias a Dios! Era ella a quien estaba viendo reflejada en un espejo que había al lado de la ventana y que aquella mañana no estaba.

El sofá tampoco estaba. O sí estaba, pero en un sitio diferente.

Maybelle había empezado a trabajar. Pero no parecía que se hubiera llevado nada, sino al contrario, había añadido cosas.

Entonces se dio cuenta, muy sorprendida, de que se había olvidado del ordenador. Se quitó los zapatos apresuradamente y corrió a buscar el maletín, con el que se fue al sofá.

Lo encendió y vio que el aparato hacía sus habituales sonidos y encendía sus luces como siempre. Una vez comprobó que tenía almacenado el trabajo que había hecho aquella noche, soltó un suspiro que llevaba conteniendo desde hacía horas. Dio gracias a las estrellas por haber protegido su carísimo ordenador y dio otro suspiro, recostándose en el sofá. Luego miró hacia el salón.

Frunció el ceño. El sofá estaba colocado en diagonal, de cara al pequeño vestíbulo. Eso era absurdo, se dijo. La gente venía al apartamento a ver la vista, no la puerta. Y los otros dos sillones que flanqueaban el sofá también estaban de cara a la entrada.

Menos mal que las dos sillas, las que había

comprado en una tienda de antigüedades a precio de oro, donde le habían dicho que no eran para sentarse, sí daban a la ventana.

Enfadada, Hope se levantó del sofá y se fue a sentar en una de las sillas. Luego se sentó en la otra para cerciorarse. Sí, las dos daban a sendos espejos que flanqueaban el enorme ventanal y que no solo la reflejaban a ella, sino la puerta de entrada. Y la de la cocina. Y la del dormitorio.

¿En qué consistiría todo ese fetichismo con las puertas?

Se quedó sentada muy rígida durante un minuto, que era lo que sabía que podía uno estar en aquellas magníficas y antiguas sillas, y luego se puso más cómoda. Se apoyó en sus brazos de madera tallada y colocó la cabeza contra el respaldo tapizado.

Permaneció unos segundos preguntándose por qué el dueño de la tienda de antigüedades le habría aconsejado que no se sentara. Luego fue a su pequeño despacho, donde vio que el contestador estaba parpadeando. Pulsó el botón para ponerlo en marcha.

—¡Hola, cariño, soy Maybelle!

Pero Maybelle era una persona que no necesitaba identificarse al teléfono. Hope bajó el volumen para oír el mensaje.

—He empezado con buen pie —continuó la voz aguda de la decoradora—. Pero no

53

he pasado del pasillo, porque me llamó la policía...

Hope se puso rígida.

—... para que hiciera unos retoques en el despacho del jefe del departamento.

Hope se relajó. ¿El jefe de policía de Nueva York seguía las directrices del *feng shui*? Hope confió en que el *Daily News* no se enterara de ello.

—Te cuento: he comprado los espejos en un taller de unos amigos, así que solo me he gastado cincuenta dólares. No te preocupes, ya lo hablaremos. Espero que no seas una de esas personas que lo primero que hace al entrar en su casa es tirar las cosas al sofá, porque lo he cambiado de sitio. De todas maneras, no es bueno tirar cosas en los muebles. Ya hablaremos de ello.

La alegre mujer hizo una pausa antes de continuar.

—Bueno, ahora descansa. En cuanto termine con el despacho del jefe de policía y un par de clientes más, volveré y te arreglaré el dormitorio y haré que duermas fenomenal. ¿Y podrías decirle al portero que la próxima vez que vaya no me ponga tantos inconvenientes para entrar? Buenas noches, cariño.

Hope se fue al dormitorio, se quitó la ropa y se puso una cómoda bata de franela. Luego miró la disposición del dormitorio. La cama también daba a la ventana. El Manhattan nocturno la miraba igual que en el salón. En esos momentos, la ciudad ya estaba decorada con los adornos típicos de la Navidad que se acercaba.

Cuando iba a meterse en la cama, se detuvo. Aunque estaba muy cansada, pensó que sería muy agradable tener el café preparado al despertarse. Sí, y se lo tomaría en el sofá, leyendo el periódico.

Dejó preparada la cafetera y activó el dispositivo para que se pusiera en marcha por la mañana. Y luego, consciente de que no tenía mucho sueño, decidió hojear una revista en el sofá antes de irse a la cama.

Se colocó una manta de lana en los pies y la almohada en la cabeza.

Le pareció que había pasado un segundo cuando se despertó al oír el golpe del *New York Times* contra la puerta y el olor del café recién hecho. Se estiró plácidamente y sintió algo raro. Entonces se dio cuenta de que había estado soñando con Sam.

El lunes por la tarde, su ordenador comenzó a darle problemas y Hope, resignada, decidió telefonear para que se lo arreglaran.

—Departamento de Informática, dígame —contestó una voz lacónica.

—Le di un golpe a mi ordenador y me está dando problemas desde entonces.

—¿Nos lo puede traer?

—¡Espere!

—¿Sí?

—No se lo puedo llevar, lo necesito —le estaba entrando un ataque de pánico solo de pensarlo.

—Entonces debería cuidarlo mejor —la señorita dio un suspiro—. Tráiganoslo, guardaremos la información en un disco y le dejaremos otro ordenador mientras le echamos un vistazo al suyo.

—Oh, muy bien. ¡Espere! —gritó de nuevo.

—¿Qué?

—¿No se supone que tienen que venir ustedes para revisar los ordenadores y... ?

—¿Cuándo lo necesita?

—Cuanto antes.

—Entonces es mejor que nos lo traiga usted.

Ella nunca aceptaría un trato así de ninguno de sus compañeros, pero cuando se trataba del departamento de Informática, compuesto por un grupo de cretinos de pelo verde y pantalones ceñidos, todo era diferente. Eran unos genios.

Así que, con el ceño fruncido, Hope se puso los zapatos de tacón, se alisó la falda negra y la blusa y recogió su portátil. Cuando llegó a Recepción, vio que los administrativos parecían muy ocupados. De acuerdo, lo llevaría ella misma.

—¿Este es el que me prestan? —dijo con incredulidad, mirando el viejo ordenador.

El maletín que acababan de dejar en el mostrador para ella estaba cubierto de pelo de gato.

—Sí —le contestó Slidell—. Está bien. No se lo dejamos a cualquiera. Aunque su ordenador parece que lo han tirado al suelo —añadió, mirándola acusadoramente.

—Fue un trágico accidente, por circunstancias que yo no...

Hope se calló prudentemente.

—Pesa dos veces más que el mío —añadió a continuación, sin embargo—. Y es una generación más vieja.

—El señor Quayle no se quejó cuando lo utilizó.

—¿Benton Quayle usó este ordenador?

—Así es. Hasta que arreglamos el suyo.

—¿Lo tenía en este maletín?

Hope señaló los pelos rojizos pegados a la funda.

—No, es que la gata tuvo sus cachorros en el maletín.

—¿Tenían una gata aquí? —preguntó asombrada.

—¿Lo pregunta por algo en especial?

—Bueno, me gustaría verla. Estaba pensando en comprarme un gato y si ha tenido gatitos...

—Los cachorros han sido asignados a casas donde sabemos que van a cuidarlos bien. A las personas que tratan los ordenadores como usted no se les pueden confiar animales.

Humillada, Hope volvió a su despacho, preparada para la tarea de copiar los archivos del disco al ordenador que le habían dejado.

Recordó las palabras de su profesor del Máster de Administrativo: «convierte cada reto en una oportunidad».

No pasaba un día que no se sintiera agradecida hacia su profesor Kavesh. Aquellas palabras, sin ir más lejos, le habían dado un empujoncito más de una vez y la habían ayudado a llegar donde estaba. Así que, en ese momento, en vez de quejarse por su ordenador estropeado, lo que hizo fue repasar sus archivos y eliminar los que ya no le servían.

El primer directorio que abrió fue uno llamado Magnolia Heights, que consistía en el trabajo que hizo para que Palmer consiguiera la contrata de las cañerías del proyecto Magnolia Heights.

Magnolia Heights era un proyecto de una constructora para hacer viviendas en el Bronx. Palmer había examinado la situación y había llegado a la conclusión de que, aunque no había mucho dinero de por medio, les serviría para aumentar su fama y su clientela.

Hope estaba orgullosa de haber contribuido a la operación en cuestión. Las cañerías que había puesto eran de plástico de muy buena calidad, prácticamente indestructible. Un material que había costado a Palmer muchos años de investigación.

En teoría, las viviendas de Magnolia Heights no iban a tener ningún problema durante muchos años, pero en realidad hubo problemas con las cañerías desde que el primer propietario abrió el grifo.

El siguiente archivo estaba relacionado con la empresa donde trabajaba Sam: Brinkley Meyers. Era un resumen del caso contra Palmer.

Hope empezó a leerlo y creyó que iba a desmayarse. Los propietarios de las viviendas habían hecho una protesta contra el ayuntamiento de Nueva York. A ello siguió una denuncia contra la empresa que había construido los edificios, a la que siguió una contra la empresa contratista de las cañerías, que enseguida denunció a Palmer, que, por supuesto, denunció a todo el mundo.

Cuatro empresas implicadas, millones de dólares en juego y todo por unas cuantas manchas en los techos de ciertas viviendas.

Hope dio un suspiro. Podía haber sido mucho peor. Le daban pena las personas que se habían ido a vivir a las viviendas del proyecto Magnolia con grandes expectativas que no se habían visto cumplidas. Desearía saber si podría haber hecho algo diferente, pero...

Se contuvo para no mirar el inventario del material en sí. Esa cañería era indestructible. Nada podía haber salido mal.

En ese momento, el ordenador le indicó que acababa de recibir un e-mail. Eso quería decir que Slidell, al menos, la había conectado con el mundo exterior. Sus ojos se abrieron de par en par cuando leyó:

Reúnete conmigo a las seis donde siempre. Es urgente.

Iba dirigido a Benton y procedía de Cwal@Brinkley Meyers.com.

¿Correspondería Cwal a Cap Waldstrum?

Instintivamente, miró a su alrededor antes de abrir el mensaje. Sabía que no podía permitir que Benton lo supiera. Un segundo después, se dio cuenta de que al abrirlo, Benton no lo leería jamás.

Era vergonzoso, pero prefería que Benton

no leyera el mensaje a admitir que ella lo había abierto. La próxima vez pondría más atención, se dijo, y no abriría ningún mensaje que no fuera suyo.

En ese momento, la gente del departamento de Informática se había ido a su casa, así que tendría que enmendar el error al día siguiente. Aunque, ¿cómo iba a decirle a Slidell que le había dado acceso al correo de Benton? Porque al hacerlo, sería como admitir que había leído el mensaje.

No sabría decir qué la distrajo de repente, ni qué la hizo mirar por la ventana a la tarde ya oscura de diciembre, ni qué fue lo que le hizo desear irse de repente a su casa.

Todo lo que tenía que hacer, podía hacerlo allí. Podía recoger su portátil, los disquetes y el material con el que tenía que trabajar para la presentación del viernes, y ponerse a trabajar cómodamente en el despacho de su apartamento. O mejor aún, en el sofá.

Incluso podía… No, eso sería demasiado complicado. O quizá no. Podía pasarse por Zabars a comprar algo de cena. Eso sería mejor que las bandejas de aluminio de comida preparada que tenía en el congelador. Incluso podía abrir una botella de vino y tomarse una copa.

Y todavía sería mejor que alguien la llamara para decirle que cenaran juntos. Y si ese «alguien» fuera Sam, sería ya inmejorable.

Ya estaba soñando de nuevo. Seguramente, lo que le pasaba era que en algunos momentos se sentía... sola.

Pero en cualquier caso, se iría a casa dos horas antes de lo que normalmente se iba un lunes. Y sin ningún motivo especial. Sin duda, era algo que debería comentarles a Faith y Charity.

Capítulo cuatro

BENTON Quayle, director ejecutivo de Cañerías Palmer, le dio a Sam uno de esos apretones de manos que los hombres se dan entre ellos, igual que las mujeres se besan y se miran la ropa, los zapatos y el pelo.

—Sam Sharkey —dijo Benton—. Es un nombre que no se te olvida. Creo que lo he oído hace poco.

—Puede ser. Soy de Brinkley Meyers.

—Ah —miles de palabras pasaron silenciosamente entre ambos en ese «ah»—. ¿Estás siguiendo nuestro desafortunado caso de Magnolia Heights?

—Directamente no.

Hope vio cómo pasaban otras mil palabras entre los cerebros de ambos. Y se preguntó cómo lo harían.

Benton chasqueó los dedos.

—Ya sé quién eres. Me han hablado de ti. Eres «el Tiburón».

Sam sonrió.

—Sí, ese es mi apodo.

—Muy bien —después de otra expresiva mirada a Sam, Benton se volvió hacia

Hope—. Veo que eliges bien a tus acompañantes.

—Al menos, lo intento —dijo ella.

—Ruthie, este es Sam Sharkey —dijo entonces Benton a su mujer—, y ya conoces a Hope.

—Sam, encantada de conocerte. ¿Eres de Nueva York? ¿No? ¿De Nebraska? No serás por casualidad de Omaba, ¿verdad? Palmer tiene una sucursal allí. Hay un gran mercado, según creo. Aunque eso lo sabe mejor Benton.

Luego se volvió hacia Hope y le dio la mano de un modo cariñoso, que jamás había mostrado antes hacia ella. Sin duda, la mujer del director debía sentirse tranquila de que Hope no se acostaría con Benton pudiendo hacerlo con Sam. Ni siquiera para obtener la vicepresidencia.

Afortunadamente, la mujer se volvió hacia Sam, porque Hope se había puesto nerviosa con la sola idea de acostarse con él y se estaba ruborizando por momentos.

Pero Benton le dio una palmadita a Sam antes de que a Ruthie le diera tiempo a hablar.

—Vamos, hijo, te presentaré a los demás. A lo mejor algún día te viene bien conocerlos.

Hope y Ruthie se quedaron a solas. Hope

abanicándose y Ruthie con cara de asombro.

—Han conectado —le explicó Hope.

Ruthie saludó a un invitado que acababa de llegar, pero no soltó a Hope.

—En este momento, solo piensa en el caso Magnolia Heights —le comentó a Hope, después de saludar al invitado.

Hope recordó en ese momento el mensaje que había leído: «Reúnete conmigo a las seis. Donde siempre. Es urgente».

—El caso es complicado, porque sea lo que sea, no pueden ser las cañerías —comentó Hope.

—¿Estás tan segura?

—Las cañerías son de un material indestructible. Yo me imagino que fue la compañía de fontanería la culpable.

—Algún responsable debe haber. ¿Has visto las manchas? —preguntó Ruthie, verdaderamente preocupada.

—No, me imagino que debería ir a verlo.

—Yo fui con un grupo de amigas. Es grave. Nunca he visto a Benton tan nervioso. Esto quedará entre nosotras, ¿verdad?

Hope se sintió conmovida y a la vez halagada por haberse ganado la confianza de la mujer. Y todo, según parecía, por haber ido con Sam.

—Por supuesto —respondió ella—.

Benton está dando una imagen de seguridad en la empresa. Nadie tiene por qué saber que está preocupado.

—Cariño...

La voz sonó detrás de ella y, al darse la vuelta, se encontró cara a cara con Sam.

—Te he traído una copa de vino.

Si retrocedía, pisaría a Ruthie, así que se dio un instante para disfrutar de la sensación de estar tan cerca de él. Para sentir su olor a sándalo y bosque, su camisa impecable.

—¿Y dónde está esa copa de vino?

—Detrás de ti. No te muevas, y te lo digo en serio. He venido en busca de refugio.

Sin separarse y moviéndose a la vez como si estuvieran bailando, se dieron la vuelta. Luego, Sam se apartó de ella y le dio la copa, que tenía aspecto de haberse derramado varias veces. Y de hecho, había una mancha roja en el puño de la camisa de Sam.

Hope se dio cuenta de que Ruthie saludaba a otros amigos y no les prestaba atención, así que se dirigió relajadamente a Sam.

—¿Quieres que vayamos a sostener esa pared de allí un rato?

—Buena idea.

La sala era muy elegante y estaba decorada, aparentemente, por los mismos decoradores que habían hecho Versalles para el rey Luis XIV. Sam miró hacia el techo, decorado con un friso de querubines.

—Yo esperaba un *loft* con cañerías al aire.

—Me encantan los pisos así —dijo ella—. Estuve buscando uno cuando quise comprarme el mío, pero no tenía tiempo para esperar la obra que había que hacer. Y además —se volvió hacia él—, no habría tenido cañerías Palmer. Palmer fue fundada en 1950 y los pisos del centro de Nueva York datan de...

Hope se calló al notar que Sam no seguía su razonado discurso.

—Da igual, por eso no lo compré —concluyó, mirándose los pies.

Se aclaró la garganta y buscó un tema que a él le interesara.

—Es curioso cómo Benton te ha recibido. Nunca le he visto saludar a nadie así. Fue como si tratara de ganarse tu aprobación. Normalmente no suele hacer nada por el estilo.

Sam se puso serio.

—Era más como si quisiera conocerme. O como si quisiera que lo conociera a él. Quizá como si...

—¿Quizá por si el caso de Magnolia va a los tribunales y tú te implicas?

—Algo parecido.

—No deberíamos hablar de esto —dijo Hope, mirando nerviosamente a su alrededor y recordando la promesa que le había hecho a Ruthie.

—¿Por qué no?

—Estamos del mismo lado.

—Sí, claro, pero...

—Estamos del mismo lado, ¿no? ¿O hay algo del caso que no se ha hecho público?

Hope se dio cuenta de que en ese momento estaba viendo por primera vez al «Tiburón». El impacto de sus ojos la hizo estremecerse. Ella no corría ningún peligro, pero sí el que se pusiera en contra suya.

—Lo único que sé es que el material, el 12867, es un producto perfecto y debió de ocurrir algo en la instalación.

—¿Tiene nombre? —preguntó Sam, volviendo a sonreír—. Has puesto a una cañería un nombre propio.

—Oh, basta ya —protestó enfadada.

«El Tiburón» se había ido suavemente y Sam, «el animal sociable», había vuelto. Pero cuando Hope vio quién se estaba dirigiendo hacia ellos, deseó que «el Tiburón» se hubiera esperado un poco.

—Bésame —dijo sin pensarlo.

La expresión de sorpresa de Sam, sus espesas pestañas, llenaron los instantes antes de que sus labios cubrieran la boca de ella. Hope cerró los ojos para luchar contra el impacto electrizante. Luego sintió el femenino instinto de devolverle el beso, de hacerlo más apasionado, de dejarse llevar por el placer...

—Hola, Hope. Siento interrumpir.

Hope se separó de Sam con desgana, lo mismo que Sam de ella.

—Paul, ¡qué alegría verte!

El tal Paul se acercó a ella para darle un beso en la mejilla y luego se volvió hacia Sam.

—Sam, este es Paul, el... Perkins. Paul Perkins.

Un día se le iba a escapar y lo iba a llamar Paul, «el Perfecto», a la cara.

—Es la estrella del departamento de Márketing —añadió con una sonrisa forzada.

Ambos hombres se dieron la mano y Hope miró a su colega. Era imposible no odiarlo, pensó mirando su pelo rubio y bien peinado, sus hombros anchos, su chaqueta de cachemir. Trató de concentrarse en el presente y notó con amargura que Paul había empezado a hablar con Sam. Resultaba que se habían graduado los dos en Harvard y en el mismo año. Tenían amigos comunes y Paul conocía a gente de Brinkley Meyers, que eran también miembros de su club de campo.

¡Bah!

Paul se fue finalmente a derramar su encanto con otras personas y Sam tomó dos aperitivos de una bandeja que llevaba una camarera de falda corta.

—Ese tipo es tan suave como la leche de soja.

Hope miró extrañada a Sam.

—¿Y eso qué quiere decir?

—No soporto la leche de soja. Pero no debería ser tan desagradecido. He conseguido un beso gracias a él.

Hope se puso roja.

—Lo siento. Pensé que...

—¿Es tu rival para la vicepresidencia?

—¿Cómo lo has adivinado?

—Noté que me agarrabas con fuerza.

—Oh, lo siento. ¿Te hice daño?

—Nada que el linimento no pueda curar —contestó, sonriendo—. El mío es Cap.

—¿Qué?

—Que mi principal rival es Cap. Aunque mi empresa funciona de forma diferente. Pueden decidir no ofrecernos entrar en la sociedad a ninguno. Pero si finalmente escogen a Cap como socio, tendré que esperar otro año más.

—¿Y qué puede tener él que no tengas tú? —preguntó Hope.

—Una mujer.

—Estoy segura de que estamos en otros tiempos...

—No. Brinkley Meyers es tan convencional y anticuada como para exigir de sus socios que estén casados. Porque eso quiere decir que tienen una familia, que su vida está organizada. Cap puede concentrarse en el trabajo porque no tiene que pensar que ha de ir a comprar comida y llevar sus trajes al tinte.

—Eso es lo que tiene Paul, una mujer —mencionó Hope con tristeza—. Te entiendo.

—Deberías estar hablando con los invitados.

Hope se volvió sobresaltada. Era Benton.

—Oh, claro. Es que Sam y yo nos hemos puesto a hablar y...

La sonrisa de Benton indicaba que había visto el beso que se habían dado y Hope se ruborizó ligeramente.

—Lo sé, lo sé —contestó el hombre—. Presenta a Sam a algunos de los invitados que acaban de llegar.

El hombre se sumergió entonces entre la gente, dejándolos solos y confundidos.

Ya era tarde cuando salieron del elegante edificio de apartamentos donde vivía Benton.

—¿Caminamos un poco?

Hope sintió como si el beso que se habían dado siguiera flotando en el aire.

—Claro, puedo tomar un taxi en Madison.

—¿No tienes frío? —preguntó él.

—Oh, no.

Las palabras de Hope hicieron brotar de su boca anillos blancos en el aire frío. Los ojos de Sam reflejaron las luces de las farolas al mirar a Hope. Esa mirada le calentó la sangre, que comenzó a correr más rápidamente por sus venas. Sí, definitivamente no tenía frío.

Sam la agarró del brazo.

—Esas botas de nieve que llevas parecen bastante decorativas. ¿Son buenas?

Hope miró sus botas de tacón alto con adornos en la parte de arriba.

—Se supone que sí, pero nunca las he puesto a prueba en la nieve —contestó, apoyándose en su hombro.

El brazo de Sam de repente no agarraba simplemente su brazo, sino todo su cuerpo.

—Tú sí que no llevas calzado para la nieve —añadió ella, que notaba que le faltaba el aire.

—No necesito botas de nieve. Soy de Nebraska.

—Ah, entonces lo entiendo.

Hope se volvió hacia él y sonrió. En ese momento, se dio cuenta de lo cerca que estaban sus caras y rápidamente giró la cabeza.

Durante unos minutos, continuaron andando en silencio. Sam intentaba caminar al paso de ella. Delante, se veían los faros de los coches que circulaban por Maddison Avenue. Era un tráfico denso, pero ellos, caminando bajo los árboles helados por aquella calle de elegantes mansiones, parecían estar en un lugar completamente diferente.

—He sido la estrella de tu fiesta —dijo finalmente Sam.

—Yo fui la estrella de la tuya —le recordó Hope.

—Entonces, ¿cerramos el trato? —preguntó, deteniéndose y obligándola a girarse hacia él.

Hope alzó la vista.

—Sí, de acuerdo.

—Lo sellaremos con un beso.

Sam se inclinó hacia ella y la besó.

A pesar de que el beso de la fiesta había sido fingido, lo cierto era que había despertado en Sam un apetito tal, que habría puesto cualquier excusa para volver a besarla. De todos modos, intentó que fuera un beso ligero que solo sirviera para llevarse a casa el sabor de su boca.

¿A quién quería engañar? Había empezado a desearla con una intensidad que amenazaba su vida, había empezado quererla de un modo que era peligroso para sus cuidadosamente trazados planes. Y en esos momentos, por un breve espacio de tiempo, era suya.

Apretó suavemente los labios contra los de ella. Fue un beso insoportablemente dulce y le dio el coraje que necesitaba para rodearla con sus brazos.

Luego, notando la indecisión de ella, deslizó su lengua sobre su labio inferior. Casi gimió cuando ella separó los labios y lo dejó entrar. Exploró su boca y jugó con su lengua. Cuando ambas lenguas se entrelazaron, fue como si supieran que solo podría ocurrir en ese momento, que nunca más volvería a suceder.

Sus brazos la apretaron con fuerza, acariciaron su espalda con desesperación y maldijeron la barrera de los abrigos que le impedían llegar hasta su piel. Notó una erección repentina y exigente y apretó a Hope contra ella, tratando de aliviar el deseo, pero empeorándolo.

A pesar de todas las capas, Sam notaba los senos de Hope contra su pecho. ¿Lo desearía ella también? ¿Había alguna esperanza de que a partir de ese momento pudieran construir...?

El corazón le latió con fuerza en el pecho y notó la cabeza ligera mientras concentraba todo su ser en un beso que ella jamás olvidaría.

Incapaz de contenerse, le pasó las manos por debajo del abrigo y lo abrió. Tocó sus senos con los dedos. El gemido de Hope sirvió para encender aún más el fuego que lo consumía. Acarició la espalda de Hope y bajó hasta su cintura para apretarla contra su cuerpo mientras la besaba con más ardor. El gemido de Hope terminó convirtiéndose en un suspiro mientras se retorcía contra él.

Era una tortura. Separarse de ella después de aquello era algo inconcebible. La llevaría a casa y harían el amor.

Cuando esa idea le llegó al cerebro, descubrió que estaba en peligro. Estaba completamente excitado y a punto de perder el control, pero sabía que no tenía ninguna posibilidad de que Hope lo dejara subir a su casa. El amor no estaba en sus planes. Ni siquiera habían dejado claro lo del sexo.

Le costó un esfuerzo enorme, pero finalmente la soltó y se separó de ella. Lo que necesitaba en ese momento era dar un golpe a algo. Un buen golpe.

No a Hope. Lo que quería hacerle a ella era tumbarla sobre una superficie blanca y elevarla hasta el éxtasis... del modo más primitivo.

Pensando en lo dulce que sería con Hope, le colocó el abrigo y se lo cerró. Ella alzó la vista y esbozó una sonrisa. Tenía el rostro encendido y su boca estaba ligeramente hinchada.

—Creo que me he entusiasmado un poco... —se excusó él.

—Eso es la tensión.

—Y el cansancio.

—Está siendo una semana dura. Estamos a miércoles.

—Y es ya casi Navidad.

—Tenemos una tendencia a exagerar en estas fechas.

—La semana que viene no hay mucho que hacer —continuó él, tratando de calmarse—. Me parece que no tenemos nada que hacer hasta el próximo viernes por la noche.

—Oh —exclamó Hope, también triste—. Me imagino que es preferible así.

—Sí, así seguiremos con nuestro trabajo.

—Sí, será lo mejor.

—Yo también lo creo.

Sam pensó que la conversación estaba decayendo. No quería dejar a Hope y tenía la sensación de que ella tampoco quería irse, pero ambos sabían que el trato consistía en no establecer ataduras entre ambos. Sam no estaba seguro de qué sentiría ella, pero sabía que cualquier cambio en el trato tendría que ser negociado. Y acalorados como estaban por la pasión, no era momento de ponerse a negociar.

Así que, tan rápidamente como fue capaz, agarró a Hope y la condujo hacia la carretera.

—¡Taxi!

La ayudó a subir al coche, intentó dar un billete al conductor, que Hope rechazó, y se quedó allí solo, en mitad de la noche.

Capítulo cinco

—¿QUÉ tal te ha ido?

—Muy bien —les informó Hope a sus hermanas—. Cuando sienta que estoy preparada para traerlo a casa, iré a una agencia de animales. Me apetece que tenga el pelo largo...

—¡No nos estamos refiriendo al gato! —la interrumpió Charity.

—Ah, ya. Pues sí, lo está haciendo muy bien, ella es... —Hope se acurrucó en el sofá y observó a través de la ventana los copos de nieve que caían suavemente.

—¿Ella? —preguntó Faith.

—¿Ella? —repitió Charity.

—Sí, ¿qué pasa? Me refiero a Yu Wing, la decoradora...

—Tampoco nos estamos refiriendo a Yu Wing —dijeron las dos hermanas al unísono—. Sino a ese hombre.

—Ah, él —contestó Hope, que sabía perfectamente desde el principio a qué se estaban refiriendo sus hermanas—. Es muy agradable. Y guapo, también.

En ese momento, las hermanas contuvieron el aliento y Hope pensó si no tenían otra cosa que hacer que meterse en su vida.

—Hemos ido a varias fiestas juntos —añadió.

—¡Estupendo! ¿Y te lo has pasado bien?

—¿Te ha dado algún beso de despedida?

—No —mintió Hope.

—¿A cuál de las dos preguntas has respondido que no? —quiso saber Charity.

—A la del beso de despedida. Eso no entra en el trato que hemos hecho —explicó ella—. Nos vemos en ocasiones de trabajo y solo por trabajo —y eso la estaba volviendo loca—. Y se supone que tiene que ser así —añadió, tratando de convencerse más a sí misma que a sus hermanas.

—Por supuesto —contestó Charity.

—Oh, sí. Claro —añadió Faith.

Hubo una pausa embarazosa antes de que Charity hablara de nuevo.

—¿Es el tipo de hombre que te gustaría que te diera un beso de despedida en el futuro?

—Se refiere a un futuro lejano —explicó Faith rápidamente.

Fue una suerte que el móvil de Hope sonara en ese momento. Si no hubiera sido así, Hope habría roto a llorar y les habría contado que le había dado un beso increíble y que después la había metido en un taxi y la había enviado a casa.

—No sabéis lo que me ha gustado hablar con vosotras, pero tengo que contestar a la llamada. Hola —añadió, ya al otro aparato.

—¿Hope? Soy Sam.

No era normal que sintiera ese escalofrío. Solo las mujeres que estaban desesperadas reaccionarían con esa intensidad.

—¿Qué te parece si hacemos las compras de Navidad juntos?

—¿Perdón?

—¿Entraría hacer las compras navideñas dentro de los límites de nuestro trato?

—Pues... no se me había ocurrido, pero imagino que como la idea es ayudarnos el uno al otro, creo que...

—Tengo tiempo libre esta tarde y me gustaría hacer las compras navideñas cuanto antes.

¿Cuánto antes? Hope había hecho sus compras hacía meses.

—Está lloviendo —le informó ella.

—Mejor —replicó Sam.

—¿Te has vuelto un romántico?

En cuanto lo dijo, se arrepintió.

Hubo una pausa.

—No, es que he pensado que la nieve hará que mucha gente se quede en casa. Odio las tiendas abarrotadas. Te hago un trato: si me ayudas a comprar los regalos, luego te invitaré a tomar algo en el Oak Bar.

De repente, se imaginó con Sam en el elegante y antiguo bar, cargados de paquetes como cualquier pareja después de un día de compras. Fue una sensación muy agradable. Además, ella también podía aprovechar para hacer alguna compra.

—Ahora que lo pienso, yo necesito comprar papel de envolver.

—Estupendo, te veo en Saks a la una.

—De acuerdo, justo en la entrada principal que da a la Quinta Avenida.

Después de colgar, Hope dejó a un lado el libro que estaba leyendo sobre gatos y abrió su portátil con cierta desgana. Entonces se recordó que, aunque iba a ver a Sam, no se trataba de una cita normal. Era más bien una reunión de trabajo que tenía como fin comprar los regalos de Navidad.

—Les encantarán los jerséis de cachemir —dijo Hope—. Nunca te cansas de ellos. Lo único que te digo es que no les regales el mismo a todas.

—¿No? Me parecía una idea brillante. Amarillo para mi madre, rosa para Betsy y azul para Kris.

Aunque en realidad tenía sus dudas. No sabía si no sería mejor mandarles una generosa cantidad de dinero, tanto a sus padres, como a sus hermanas. Betsy y Kris se lo gastarían en sus hijos, o pagando alguna deuda. Pero el cheque de sus padres iría destinado a los regalos de sus sobrinos y al cuidado de los padres de su madre.

Por otro lado, quería que su regalo fuera personal. Pero a veces se sentía impotente y pensaba que un jersey de cachemir o un par de pendientes de oro no cambiaría en nada sus vidas. Aun así, había decidido pedirle ayuda a Hope. A pesar de lo mandona que era. Pero por alguna extraña razón, le gustaba que Hope le diera órdenes.

—De acuerdo, ¿tú qué les regalarías?

—Tendría que saber un poco más de ellas —contestó Hope, con una expresión de paciencia llevada al límite.

A Sam le gustaba cómo iba vestida ella aquel día. Llevaba unos pantalones negros ceñidos, metidos en unas botas negras de nieve; un jersey negro, probablemente de cachemir; y una chaqueta de leopardo, que resaltaba más aún el verde de sus ojos y el color cobrizo de su pelo.

Pero Sam empezaba a temerse que Hope le gustaría igual, llevara la ropa que llevara. Lo cierto era que había estado pensando y pensando hasta que había encontrado una excusa para verla ese día. Tenían que verse al viernes siguiente y eso era lo que debería haber hecho, porque, además, necesitaba todo ese tiempo, cada minuto de él, para recuperarse de aquel beso.

El problema era que no había sido un beso normal. Por eso estaba allí, con ella, haciendo las compras de Navidad mucho antes de lo que nunca las hacía. Pero por otra parte sabía que en el trato no entraba que la invitara a cenar o al cine. Además, seguramente en ambos casos acabaría besándola de nuevo; y se conocía lo suficiente como para saber que no podría soportar otro beso sin exigirle a ella algo más.

Así que necesitaba atenerse a las reglas del principio.

—Tu familia —dijo Hope—. Que me expliques algo de ellos.

—Ah —contestó él, volviendo a la realidad—. Mamá es —hizo un gesto con las manos para indicar que había engordado con la edad—. Betsy es muy delgada y Kris está empezando a parecerse mucho a mi madre.

—¿El color de pelo?

—Gris, rubio y rubio.

—¿Ojos?

—Marrones, azules y azules.

—¿Igual que los tuyos?

Sam, que había estado admirando su boca y estaba sintiendo la típica reacción hormonal, se preguntó si sería capaz de ser

83

admitido como socio de su empresa sin pensar todo el tiempo en el trabajo. Sí, quizá debería tomarse de vez en cuando un respiro y ella podía tomárselo junto a él. Pero sabía que eso no entraba en los planes de Hope.

Se aclaró la garganta y miró hacia una pila de jerséis de cuello alto.

—Sí, todos los hijos tenemos el color de ojos de nuestro padre.

—De acuerdo, entonces veamos qué hay por aquí.

Las pequeñas manos de Hope rebuscaron entre los estantes. Sus ojos verdes miraron hacia los diferentes maniquís.

—¿Qué te parece este para tu madre?

Hope le mostró un jersey rojo y Sam se dio cuenta en seguida de que su madre estaría muy guapa con aquel color. No se quitaría el jersey en todas las navidades.

—Buena elección. Me lo llevo.

—Ahora Betsy.

Entonces se fue y apareció con un jersey azul, ni muy claro ni muy oscuro, sin mangas y con una rebeca a juego.

—Este también. Y solo falta uno.

—Kris.

Hope tenía memoria para los nombres.

—Queremos algo que la haga más delgada, pero que no la obligue a adelgazar.

—Yo jamás…

—Claro que no. No haría falta. Se lo dirá ella misma —Hope se precipitó a otro de los estantes—. ¿Qué te parece este? A mí me parece propio de una rubia explosiva.

Al decirlo, se lo puso por encima.

Sam pensó que debía de costar unos trescientos dólares, pero tenía que admitir que había sido una buena elección para Kris. Era negro y no de cuello alto exactamente, pero tampoco bajo.

—Sí, creo que le gustará.

—Como lleva estos triángulos, le hará más delgada. Vale, ¿y ahora cuál es el próximo?

—Bueno, nos quedan mis dos abuelas.

—¿Batas, quizá? ¿O algo menos tópico? Podríamos ir a…

—Me gusta esta tienda.

—¿No deberíamos variar?

—No, quizá encontremos aquí un chal. Me gusta este departamento. No hay mucha gente.

—¿Los puedo ayudar en algo? —se acercó a ellos en ese momento una dependienta.

—Sí, nos vamos a llevar estos jerséis.

—Y quizá algún chal.

—Oh, los tenemos muy bonitos. Vengan por aquí.

—Echaremos un vistazo mientras nos envuelve esto para regalo —contestó Hope a la chica.

Solo tardó tres minutos en convencer a Sam que regalar un chal a una mujer la hacía sentirse vieja. Porque solo solían regalarse a las ancianas. Sin embargo, una chaqueta de mohair rejuvenecería a sus abuelas.

—¿Quién más te queda? —preguntó ella.

—Mi señora de la limpieza y mi secretaria.

—¿Quieres que vayamos al departamento de joyería o al de guantes?

—De acuerdo.

Enseguida, compraron un pañuelo para la secretaria y un par de guantes calentitos para la mujer de la limpieza, y salieron de la tienda cargados de paquetes grises con cintas rojas.

—¿Por qué has querido entrar en F.A.O. Schwartz? —preguntó Hope, agarrando con ambas manos su café irlandés.

—Te merecías una recompensa por sacarme de Saks tan pronto. Y F.A.O. Schwartz ha sido tu recompensa.

—¡Ja! Lo que pasa es que querías jugar a los videojuegos.

—Gané —la miró por encima de su copa de Martini y esbozó una sonrisa—. Gracias por acompañarme. ¿Crees que a los niños les gustará lo que les he comprado?

—¿Cómo no va a gustarles? Son chicos, ¿no?

—Los cuatro.

—¿Cuántos años tienen?

—Doce, once, diez y nueve. Kris y Betsy se casaron y tuvieron sus hijos siendo muy jóvenes.

Hope examinó la expresión de la cara de Hope. Por un momento, le pareció que estaba triste.

—¿Por qué no hiciste tú lo mismo? —le preguntó Hope.

—Alguien de la familia tenía que tener un poco de ambición. Todos los demás tienen la filosofía de «lo que necesitas es amor».

—Algunas veces me pregunto...

Pero no terminó la frase. Algunas veces se preguntaba si aquello era la felicidad, simplemente amar y ser amado.

Su madre lo había sacrificado todo por el amor. Había dejado todo al casarse con aquel piloto romántico y guapo que llegaría a ser el padre de Hope y sus hermanas. Incluso había sacrificado su vida para estar con él el día en que la pasión de esquiar de su padre se los llevó para siempre.

Pero también había amado a sus hijas. No las dejó a su familia, sino a su amiga de la infancia, a Maggie Summer y a su marido Hank. Aunque Maggie y Hank comentaban a veces que hacía falta algo más que amor para llevar una vida plena, era el amor lo que gobernaba su casa.

Faith y Charity querían conseguir ambas cosas, el éxito profesional y el amor, mientras que ella sentía que el amor solo podías tenerlo después de conseguir el éxito profesional. Pero ya no estaba tan segura de ello.

Con el café irlandés, y quizá algo más, le estaba entrando un calor muy agradable por todo el cuerpo. Se recostó en el cómodo sillón de cuero negro y contempló el salón de madera. Fuera, la nieve caía con furia, cubriendo las ramas de los árboles y reflejando las luces de los coches y las farolas. ¿No era una manera preciosa de pasar una tarde ventosa de invierno, viendo caer la nieve y pensando en el amor?

Sintió que se ponía colorada y tuvo mucho cuidado de no mirar a Sam al hacer la pregunta de nuevo.

—¿Qué será lo que hace que personas como tú y como yo pongamos el amor por detrás de la ambición?

—Para mí es por el poder que lleva consigo —su rostro se ensombreció—. Y lo que pasa cuando no lo tienes. La gente puede que te respete como persona, pero en una pelea, estás indefenso.

Lo dijo con amargura y como si se sorprendiera por dejar que la conversación hubiera ido a parar a temas personales. Su rostro pareció sufrir varios cambios antes de que el hombre que llevaba dentro se ocultara de nuevo.

—¡Vaya! Es más cansado ir de compras que jugar al squash.

—¿Juegas al squash?

—Es con lo que haces más ejercicio en menos tiempo.

Hope recibió con agrado el giro de la conversación. Estaba intrigada por la expresión que había visto en Sam momentos antes, pero se alegraba de poder olvidarse de sus dudas acerca del amor.

En poco tiempo, le empezaría a contar la triste historia de su familia, que había pasado de la prosperidad a la mera subsistencia. No era por el Martini, no tenía que buscar culpables. Era la sensación de agradable familiaridad que sentía con Hope, casi desde el momento en que la había conocido.

Era agradable hablar con ella. Aunque complicado en otros aspectos.

Sabía que no podía dejarse llevar por su sonrisa cálida, por sus ocasionales rubores, o por el modo en que lo había besado como si lo deseara con la misma desesperación que él la deseaba a ella.

Era imposible que lo deseara con el ardor que él la deseaba a ella. Nadie podía desear a nadie tanto como él a ella. ¡Dios! ¿Desde hacía cuánto? Había sido idiota por mostrarse tan frágil delante de aquella mujer.

Era peligroso intimar con ella. Había cosas que no quería tener que explicarle. Como por ejemplo por qué tenía un apartamento tan barato. Él ganaba bastante dinero y no quería que ella supiera que solo lo gastaba en las cosas que necesitaba para triunfar profesionalmente. Había demasiadas cosas que tenía que hacer todavía antes de relajarse y admitir que era un hombre rico.

No tenía intención de quedar atrapado, como le había ocurrido a su padre cuando la cosecha le falló y volvió a fallarle una y otra vez hasta que no tuvo nada. Su padre había terminado trabajando en un taller de reparación de tractores. A veces, escuchaba la voz de su madre diciendo: «pero seguimos teniéndonos el uno al otro y eso es lo que importa». Era lo que decía cada vez que no podían comprar o pagar algo.

Como, por ejemplo, la universidad de los hijos. Sus hermanas se habían puesto a trabajar nada más terminar el instituto. Se habían casado con chicos de allí siendo muy jovencitas y antes de aprender nada del mundo.

Él se había arriesgado a ser diferente. Había trabajado mucho para llegar donde estaba y estaba muy cerca de conseguir sus fines.

La directiva de su empresa haría una reunión antes de Navidad para hacer el recuento de gastos y beneficios. Entonces distribuirían las ganancias y decidirían si admitir nuevos socios. Entonces él sabría cuál sería su nuevo lugar dentro de la empresa.

Pero para conseguir su objetivo, sabía que tendría que ver con menos frecuencia a Hope. No se inventaría ninguna excusa para verla antes de la fiesta del viernes siguiente. Se atendría a lo que habían hablado sobre su relación.

Aunque había algo que no habían aclarado todavía. Y había llegado demasiado lejos como para seguir engañándose. Quería hacer el amor con Hope. Y eso no tenía nada que ver con el trato.

Pero quizá pudiera convencerla para que se acostaran juntos.

Llegó al edificio donde vivía, subió los tres pisos y abrió la puerta de su apartamento de una sola habitación. Dejó los regalos en la cama y se preguntó qué estaría haciendo Hope en ese momento.

Hope había esperado que le sugiriera ir a

cenar después de las compras. Pero él ni siquiera había mencionado que se verían el viernes, cosa que le hizo sentir una mezcla de alivio y frustración.

Antes de encender la luz, había aprendido la lección, intuyó que seguramente habría algún nuevo cambio en el salón. Y efectivamente, en una sola tarde, un árbol había florecido en la esquina que había detrás del sofá.

Sus hojas pequeñas y delicadas proyectaban sombras sobre el techo y el sofá, haciendo casi desaparecer las luces que se veían allá abajo en la ciudad. Era como un refugio que la protegiera del bullicio, acurrucándola entre sus ramas.

Dejó el paquete que llevaba con un movimiento brusco.

«Por Dios, si es solo un árbol», se dijo. Maybelle había vuelto a sorprenderla.

—No vamos a conseguir un acuerdo en el caso Palmer —Sam se echó hacia atrás—. Hay demasiados intereses en juego. Y más desde que los medios de comunicación se han interesado por este asunto.

Phil asintió.

—Por otra parte, no es difícil ponerse en el punto de vista de Magnolia Heights. El sistema de aguas no funciona, hay goteras por todas partes, moho…

—Pero estamos convencidos de que Palmer no es el responsable —comentó Sam.

—Nosotros representamos a Cañerías Palmer —Phil lo miró con expresión seria—. Así que nos atenernos a las pruebas que ellos nos han dado.

—Me doy cuenta de ello.

Phil suspiró.

—La verdad es que nuestros expertos revisaron las cañerías y son exactamente como Palmer dice.

—Número 12867 —dijo Sam con tono casi maternal.

—La razón por la que te he llamado —continuó Phil—, es que la directiva quiere que tú lleves el caso en los tribunales.

—Gracias, Phil, es un honor.

—Eso dice mucho de lo que la empresa opina de ti.

No se necesitaba ser más claro. Le estaba diciendo que le daban el caso a Sam porque estaban considerando seriamente la posibilidad de ofrecerle entrar en la sociedad. Así que Palmer sería el puente hacia su futuro. Si ganaba el caso, podría quizá proponerle a Hope llevar el trato entre ambos a otros niveles.

—También tienes el voto de Charlene —añadió Phil—; dice que has pasado la prueba.

—¿La prueba?

—Yo tampoco sé a qué se refiere. Lo único que sé es que cualquier examen que haga Charlene es difícil de aprobar.

—Bueno, me siento muy halagado —dijo Sam, mirando hacia abajo.

—La impresionó Hope Summer. ¿Sigues saliendo con ella?

—Sí. Nos vemos con bastante frecuencia.

Phil lo miró con expresión paternal.

—Benton, que ha sido quien te ha propuesto a ti para llevar el caso a los tribunales, me dijo que Hope está a punto de conseguir el puesto de vicepresidenta. Vamos a ser como una familia.

Era el momento de confesar a Phil que la relación que tenía con Hope no era la que todos pensaban. Pero pensó en ella. Recordó su pelo y sus ojos, su cuerpo delgado y su elegancia. También se acordó de la pasión inesperada con que había respondido a su beso.

Y sobre todo, pensó en la energía vital que emanaba siempre de ella. Sería una mujer estupenda con la que convivir. Lo único que tenía que hacer era convencerla de que lo único que necesitaba era… esperarlo en casa.

No, eso sería mucho pedir. Tendrían que

pensar algo…

—Es demasiado pronto para decir nada —se levantó y sonrió a Phil—. Pero si nos comprometemos, serás el primero en saberlo. Y gracias otra vez, Phil, estoy muy contento de que me hayáis dado el caso. Me pondré enseguida a trabajar en él.

—No me he olvidado de ti, cielo —la voz chillona de Maybelle sonó rara en el silencio de su despacho, donde Hope estaba observando preocupada su portátil prestado.

—Ya lo sé —contestó, apartando la mirada de la pantalla—. Yo también he estado muy ocupada. Por cierto, esperaba una factura tuya.

—No te preocupes, hay tiempo. Soy un poco lenta para el tema del dinero. A mis clientes no parece importarles.

—Estoy segura de que no —a pesar de que estaba preocupada, no pudo evitar sonreír—. El árbol es muy bonito.

—Me alegro de que te guste. De hecho, llamo para decirte que te llevaré algunas cosas más esta semana. ¿No pasa nada si entro y salgo con libertad?

—Claro, se lo diré al portero —aseguró Hope, que había dejado de temer que le robara.

—Nos llevamos mucho mejor desde que les dije que les decoraría un pequeño saloncito de café en el sótano —explicó Maybelle—. Estos días fríos... viene bien un poco de café caliente en las horas libres.

Hope se quedó mirando al teléfono cuando Maybelle cortó la comunicación. Se preguntaba si la mujer dormiría, comería o haría algo aparte de organizar las vidas de los demás y tomar café.

Pero entonces volvió a mirar a la pantalla, donde estaban los mensajes que Benton no había leído.

La mitad de ellos eran de Cwall y de alguien de la empresa de fontanería que solo se identificaba por un número y el nombre de la empresa.

Como tenía bastantes dudas al respecto, no había vuelto a abrir ningún mensaje de Benton, pero no podía evitar extrañarse de la gran cantidad de mensajes entre Benton y el rival de Sam, Cap Waldstrum. Y también era muy extraño que le escribiera tan a menudo alguien de la empresa de fontanería que había instalado las cañerías en Magnolia Heights.

Estaba segura de que serían mensajes relacionados con el caso. Lo que la extrañaba era por qué tendría Benton un lugar donde reunirse con la persona que se identificaba como Cwal.

Hope se mordió el labio preocupada. Pero de repente se acordó de algo que la animó inmediatamente. Esa noche vería a Sam.

Aquella semana había transcurrido muy lentamente.

Capítulo seis

SAM había cumplido su promesa y se había pasado toda una semana sin ver a Hope, pero en lugar de tranquilizarlo, aquello le había dejado demasiado tiempo para pensar en ella.

Principalmente, había estado pensando en el modo de explicarle su actual situación hormonal en los términos normales de un hombre que en esos momentos estaba atado a un simple trato, pero cuyos lazos deseaba expandir.

Porque estaba decidido a tratar de convencerla de que deberían incluir el sexo en su trato. El sexo sería una cosa sensata entre ellos porque ambos conocían las reglas. Harían el amor y se sentirían mejor y más relajados. Luego sus vidas seguirían igual que siempre.

Pero lo cierto era que no tenía que pensar mucho para darse cuenta de que era una tontería y Hope llegaría enseguida a la misma conclusión.

A menos que... a menos que ella también estuviera buscando una excusa. Una disculpa que la permitiera a ella dejarse llevar por las necesidades que toda mujer tenía. Y estaba seguro de que ella las tenía. Lo que él había sentido al besarla no podía ser algo unilateral; ella también tenía que haberlo sentido.

Iba pensando eso mientras se dirigía al apartamento de Hope, con el aspecto de un guerrero dispuesto a conseguir su premio. O por lo menos, a intentarlo.

Hope abrió la puerta y el impacto al verlo fue más dramático de lo que se había imaginado. Pero nada más verlo estuvo segura de que algo había cambiado. Por primera vez desde que se veían, notó a Sam nervioso.

—Estoy tomando una copa de vino tinto. Tenemos tiempo.

—De acuerdo —contestó él con una voz rara.

A Hope le costó un gran esfuerzo irse a la cocina a servir el vino.

—¿Qué tal el día? —le preguntó desde allí, luchando contra el deseo de tumbarlo en el sofá y seducirlo.

Lo cierto era que no sabía cómo seducir a un hombre o siquiera cómo parecerle seductora, pero desde luego no le importaría aprender.

—Ha sido un día interesante. De hecho,

toda la semana ha sido interesante. Pero…

Hope volvió y le ofreció la copa de vino. Sam bebió un trago.

—¡Cómo lo necesitaba! Es exquisito. ¿Dónde lo has comprado?

—Por Internet: Burgundy dot com.

—Lo recordaré.

—¿Te pasa algo? —preguntó ella, viendo que él seguía bastante tenso.

—Nada malo exactamente.

—Será mejor que lo hablemos. Si llegamos a la fiesta raros, la gente pensará que nos hemos pelea do y empezarán a tratarnos como si fueramos otra vez solteros.

«Eso es, no me importa si no quieres salir conmigo, solo la imagen», se dijo Hope.

—No, no es nada de eso. Justo lo contrario.

Hope esperó a que él se explicara. Estaban en la puerta de la cocina y Sam apartó una planta para dejar la copa en una pequeña mesa que había contra la pared.

El espejo reflejó el rostro de Sam. Sus ojos ocultos por las espesas pestañas.

—¿Te acuerdas que te pregunté lo que opinabas del sexo? Entonces no me respondiste, pero, bueno…

Sam agarró a Hope por los hombros y esta sintió el poder de sus manos.

—Hace mucho tiempo que…

«Para mí también», pensó Hope. «De hecho, sería la primera vez». Sintió que sus labios se abrían a la vez que el deseo se encendía en su interior.

—Últimamente no puedo pensar en otra cosa. Por eso te lo pregunto otra vez. ¿Crees que podemos hacer algo más sin...? Ya sabes.

—¿Sin que nuestros sentimientos se interpongan? También yo lo he pensado, claro, y me he dado cuenta de que habíamos omitido ese punto en la agenda...

«¡Oh, Dios santo, no puedo hablar de sexo sin utilizar las palabras que se utilizan en el trabajo!».

—Creo que podríamos conseguirlo —susurró ella—. Si tenemos cuidado de mantenerlo como algo terapéutico, sin darle mucha importancia.

Sintió su proximidad y se volvió. El beso que sin duda iba a darle Sam en la mejilla, fue a parar a su boca. Los labios de Sam estaban calientes.

—Yo quiero que tú también lo disfrutes. No sería justo si no fuera así. Esto es algo mutuo.

—Oh, no te preocupes...

Sam puso las manos a ambos lados de su cabeza y enterró los dedos en su cabello.

—Calla, no hables de preocupaciones.

—¿Cuándo? —preguntó Hope, en medio de un silencio total.

—Cuanto antes mejor.

—Hoy terminaremos tarde. Las fiestas de Max son muy largas, pero mañana... ¿qué te parece? Prefiero que vengas aquí, me sentiría más cómoda. Creo.

Sam asintió.

—Gracias. Eres una persona muy amable.

Por extraño que parezca, Sam miró su reloj.

—Vamos a retrasarnos más de los diez minutos de cortesía. ¿Estás lista para salir?

O sea, que iba a ser eso: sexo terapéutico. Y al parecer, la idea no lo ponía a Sam muy nervioso. Hope, en defensa propia, también consultó su reloj.

—¿Te importa si hago una llamada antes de salir?

—Adelante. Yo apuntaré mientras tanto, la dirección del vino. A lo mejor pido una caja.

A Hope le entraron ganas de dar un portazo al entrar en el dormitorio. Cuando cerró la puerta, suavemente, apretó los dientes y tomó el teléfono. Dejó un mensaje en voz baja.

—Maybelle, te necesito rápidamente. Quiero tener el dormitorio acabado para mañana. No me importa que sea sábado. Es una emergencia —hizo una pausa—. Soy

Hope. Llámame mañana a primera hora.

¿Podría aguantar ir a aquella fiesta con todo lo que tenía en la cabeza? Y encima tendría que poner buena cara durante toda la noche.

Sí, eso era justamente lo que iba a hacer.

Encontró a Sam en el sofá, como si se hubiera derrumbado en él. Aunque, por supuesto, enseguida se puso el abrigo y todo volvió a la normalidad. Como si no hubieran tenido la conversación más extraña que se podía dar entre dos personas.

¡Lo había hecho! No sabía cómo, pero así había sido.

La noche fue extraña, sabiendo que al día siguiente el suave cuerpo de Hope se deslizaría contra el suyo. Que se enterraría en ella, junto con sus frustraciones y ansiedades. Y eso hacía que cada mirada, cada gesto y cada roce, fueran como dardos cargados de tensión. Aquella noche, cuando Hope estaba a su lado y sus senos rozaron su brazo, lo tomó como una promesa, no como un accidente.

No se atrevió a besarla al despedirse. Las veinticuatro horas que faltaban le habrían parecido aún más largas. La había deseado desde el primer momento y, finalmente, iba a ser suya.

Movió la cabeza y se sonrió. Se acostaría con ella, o mejor dicho, haría el amor con ella, pero sería solo sexo. Solo algo carnal que lo haría sentirse satisfecho.

De repente, su sonrisa se apagó. ¿Pero no era eso lo que quería?

Una vez más, se recreó en su recuerdo. En su imagen, su cuerpo fuerte, en su risa y su cortina de pelo...

Era Hope en lo que pensaba, no simplemente en el sexo. Al descubrirlo, supo que estaba en un grave aprieto.

—No me diga nada del tráfico, amigo —dijo en ese momento el taxista—. Es viernes noche, ¿me entiende? Estamos en vacaciones. ¡Así es Nueva York! Yo estoy haciendo lo que puedo. Ustedes siempre tienen prisa, siempre se quejan...

—Dijiste que a primera hora de la mañana, así que te llamo a primera hora.

—¡Pero no a las seis de la mañana!

—Me alegro de haberte despertado. Tenemos mucho trabajo, cielo. ¿A qué hora quieres que la energía fluya en tu dormitorio?

—A las siete de la tarde.

—Bueno, pues descansa un poco y espérame hacia las nueve.

—¿Por qué vas a tardar tanto? —preguntó Hope con impaciencia.

—Porque tengo que hacer unas cuantas llamadas e ir a recoger algunos muebles. Bueno, cielo, y tómate un café, y me refiero a un buen café, antes de que vaya, porque no podré hacer nada por ti si tu humor no mejora.

—No necesito que nadie haga nada por mí. Solo necesito que me ayudes con el dormitorio...

Pero Maybelle había colgado.

Hope se levantó del sofá y se llevó la sábana y la manta a su habitación. No quería que Maybelle supiera que había dormido en el sofá. Tampoco que supiera el porqué no había podido dormir nada. Quizá pudiera dormir un poco más tarde. Después de... después de...

Café. Definitivamente iba a necesitar mucho café.

—Hemos venido a cambiar la cama.

El que hablaba era el hombre más guapo que Hope había tenido el placer de recibir en su casa un gélido sábado por la mañana, a excepción del hombre que lo acompañaba. A pesar de que ninguno de los dos la atraía tanto como Sam, seguro que cualquier otra mujer sí los encontraría muy atractivos. Porque desde luego eran irresistibles. Pensó en sus hermanas solteras y decidió que tenía que conseguir que le dieran sus tarjetas antes de irse.

Pero su instinto de alcahueta tendría que esperar.

—¿Qué quiere decir con cambiar la cama? ¿Dónde está Maybelle?

—Está en el camión, vigilando hasta que vayamos —contestó el adonis «número uno» con una sonrisa perfecta.

Entonces los dos hombres fueron al dormitorio y se quitaron las chaquetas de cuero. Hope corrió tras ellos.

—¿Pero cómo saben dónde... quiero decir que cuál es el motivo para mover la...?

El adonis «número dos» se sacó un destornillador del cinturón y empezó a desarmar la cama. Mientras tanto, adonis «número uno» abrió una gran caja y sacó de ella lo necesario para fabricar un armazón de acero liso, que puso frente a las puertas del cuarto de baño y el armario. Luego sacaron la cama y el colchón antiguos al salón sin ningún esfuerzo.

Volvieron al dormitorio y terminaron de montar y colocar la cama. Mientras lo hacían, sonó el móvil de uno de ellos.

—Sí, va todo bien. Bajaremos enseguida.

—¿Es Maybelle?

Dickie asintió y Hope le quitó el teléfono sin más preámbulos.

—¿Qué está pasando aquí? Me han destrozado el dormitorio... ¿y adónde se llevan mi cama?

Fue detrás de los hombres, con el teléfono en la oreja, pero ellos eran mucho más rápidos que ella.

—Tuve una suerte increíble de encontrar a estos muchachos tan pronto. ¿No son guapísimos? —le dijo Maybelle a través del móvil—. ¿Has visto alguna vez unos músculos así?

—Sí, tienen buenos músculos.

La puerta del apartamento vecino se abrió y su vecino la miró con el ceño fruncido. Hope no se había dado cuenta de que estaba en el descansillo de la escalera hablando de hombres musculosos. Así que se metió en casa y cerró la puerta.

—Pues diles que utilicen sus músculos para devolverme la cama.

—Oh, cielo, pero si no vas a necesitar esa cama para nada. Ya te explicaré todo cuando tengamos tiempo. Adiós.

Hope no tuvo tiempo para calmarse. Maybelle, en vaqueros azul claro y camisa blanca reluciente, apareció entonces entre los dos muchachos, que llevaban una enorme caja con ellos.

—No te preocupes, no pesa mucho —afirmó la decoradora, a pesar de que Hope no se había ofrecido a ayudarlos.

Cuando los dos hombres se metieron en el dormitorio y empezaron a dar golpes, Hope se fue hacia la mesa de café de cristal, se agachó y al ir a sentarse, se cayó al suelo.

—¿Dónde está mi mesa de café?

—Está... —empezó Dickie, uno de los chicos.

En ese momento, Hope vio que el cristal estaba apoyado contra la pared y la base de mármol detrás.

—¿Qué hace ahí?

—Dickie la bajará enseguida al camión —contestó Maybelle, desapareciendo en el dormitorio.

—Pero, ¿por qué?

Oyó voces en el dormitorio y Maybelle asomó en la entrada.

—Cielo, tenemos que eliminar todas las esquinas.

—Maybelle —empezó a decir Hope—, has venido a trabajar en mi dormitorio, no en mi personalidad.

Los ojos de Maybelle, de un azul vivo y llenos de energía, se abrieron de par en par.

—Oh, tú no eres la que tiene esquinas. Tú eres dulce como un merengue. Tu mobiliario es lo que resulta cortante.

La mujer miró nerviosa hacia el dormitorio.

—Escucha, cariño, no tenemos tiempo para teorizar sobre el *feng shui*, pero estoy preparando todo para que te sientas cómoda en tu casa. Y ahora tendrás cosas que planear para cuando venga tu amigo esta noche. Ponte a pensar en la cena y déjame el resto a mí.

—¿Cómo sabes que va a venir un amigo y no una amiga?

—No soy una niña —le contestó Maybelle.

En ese momento, se oyó una exclamación que provenía del dormitorio y Maybelle fue hacia allá. Hope hizo un gesto de impotencia, agarró su abrigo y su bolso, y se dispuso a salir a hacer la compra.

Casi aturdida, Hope caminó entre las suaves sillas y la mesa de madera de forma redondeada que llenaban su salón. Tenía que admitir que le daban un aspecto mucho más acogedor. Otra nueva adquisición era una pequeña mesa redonda con cuatro sillas tapizadas. Hope se sintió tranquila, tanto como para negarse a hacer un cálculo mental de lo que le costaría.

—Creo que ya puedes ver lo que hemos

hecho aquí dentro.

Hope fue hacia el dormitorio sin dejar de oír la verborrea de Maybelle.

—Nos hemos deshecho de esa cama. Además, rechinaba. Este somier no hará ruido.

La idea de que el somier hiciera ruido hizo que Hope se quedara inmóvil durante unos breves instantes.

—¡Oh, Cielo santo!

La cama estaba separada del armario y de la puerta del cuarto de baño, pero tenía alrededor una especie de material acolchado que lo rodeaba como unos brazos. A ambos lados, había dos mesillas redondas, y la colcha tenía un dibujo de flores de color apagado, que hacía juego con la cómoda. Había una lamparilla en cada una de las mesillas de noche. Eran altas, elegantes y con pantallas de color rosa.

—Es muy bonito... Aunque creo que esperaba algo más... sencillo.

—Quería que te sintieras como si estuvieras en un jardín —le explicó Maybelle—. Parece que te gustan las flores y las plantas, por eso he escogido esta tapicería.

Hubo un silencio antes de que Hope contestara nada.

—¿De dónde les llega la electricidad a las lámparas?

Maybelle se cruzó de brazos.

—Kevin sacó un cable que pasa por debajo de la cama.

Hope asintió.

—Por otra parte —continuó diciendo Maybelle—. ¿Quieres de verdad tumbarte en esta cama... mientras tu familia te está mirando desde la cómoda?

Hope se imaginó a ella y a Sam en aquella cama de flores, mientras sus padres los miraban con dulzura y sus hermanas lo hacían con sonrisas traviesas.

—Bien, será mejor poner velas.

Maybelle abrió un paquete y sacó cinco velas, cada una de diferente color, y las puso en una bandeja sobre la mesilla.

—Quedaos aquí mientras pongo otras cuantas en el salón.

La mujer salió y Dickie miró las fotografías. Luego se las dio a Hope y limpió enérgicamente el polvo de la cómoda con un paño que llevaba colgado en su musculoso brazo.

Después se retiró para admirar lo que había hecho.

—Hemos puesto un móvil en la cocina para dar un toque romántico al espacio. Esa era la idea —explicó, bajando modestamente la cabeza.

—Me gustan los móviles. Sobre todo los

de cobre. Me recuerdan a las cañerías —observó la fotografía de sus hermanas—. Me encanta esta foto de mis hermanas —dijo, mostrándosela a ellos.

—Son guapas.

—Sí, ¿verdad? —Hope hizo una pausa—. ¿Estáis casados?

—Todavía no. Nos casaremos cuando las leyes cambien. Yo quería irme a Vermont, donde podemos casarnos, pero Kevin prefiere quedarse en Nueva York. Está seguro de que pronto empezaremos a trabajar en el mundo del espectáculo.

—Oh. Entonces me imagino que no os interesaría... No, claro.

Maybelle volvió y añadió una sexta vela, de color rosa, a las otras.

—Necesitas más fuego en tu vida —aseguró, mirándola fijamente a los ojos—. Dickie, ve al camión y trae las flautas de bambú. Tenemos que hacer algo con esas vigas de madera que hay ahí —se volvió hacia Hope—. Las vigas pueden hacerte sentir que tienes un peso encima. Si ponemos flautas, disminuirá ese peso.

Después de que se marcharan todos, Hope contempló la cama y se sentó sobre ella. Luego se relajó y se tumbó.

Se sentía como si estuviera en brazos de una planta gigante y viva.

Hope estaba muy nerviosa y, al oír el telefonillo y al portero anunciándole que Sam había llegado, sintió un intenso calor por todo el cuerpo. Sobre todo en aquellas partes que más deseaban a Sam. Porque lo cierto era que ya no solo fantaseaba con él en sueños, sino que no había podido sacárselo de la cabeza en todo el día.

Sam no podía enterarse, claro, porque dejaría de confiar en la promesa que le había hecho de no dejar que los sentimientos entraran a formar parte de todo aquello.

De acuerdo, no le pediría nada. Se lo suplicaría.

Se dio mentalmente un golpe en la cabeza para parar esos pensamientos. No estaba así de nerviosa ni cuando la presentación del material 12867, ni cuando terminó la carrera. Estaba casi así, pero no tanto, el día en que sus padres las habían dejado solas y Charity se había subido al tejado del garaje diciendo que era Peter Pan y quería volar. Pero de eso hacía mucho tiempo.

El truco sería comportarse de manera alegre, como si lo que iba a ocurrir esa noche entre ellos fuera normal. En resumen, tenía que disfrazar su nerviosismo, tratando de mostrarse más tranquila de lo normal. Lo que era bastante difícil cuando estabas temblando por dentro.

—Que suba —contestó al portero.

Había tenido tiempo suficiente de mirarse al espejo. Llevaba un mono de terciopelo negro, sin casi nada debajo, y unas zapatillas planas. Como estaba en casa, tenía que tener un aspecto natural. Ni provocativo, ni de monja. Nada de joyas, ni de maquillaje. Quizá podía ponerse algo que fuera más fácil de quitar, se dijo. Pero en ese momento sonó el timbre de la puerta.

Miró por última vez a la ventana, diciéndose que si no hiciera tanto frío saltaría por ella. Luego abrió la puerta.

Como siempre que lo veía, la dejó sin aliento. Llevaba un jersey blanco, unos pantalones negros y un abrigo gris. En una mano, tenía un ramo de rosas blancas y rojas, mientras que en la otra llevaba una planta blanca.

—Hola, felices fiestas —fue el saludo de Sam—. Adivina cuál es mi regalo.

—No sé, me da un poco de miedo inclinarme por uno. Son tan diferentes... y al mismo tiempo los dos son preciosos —añadió rápidamente.

Sam dejó su maletín en el suelo e hizo un gesto hacia la planta.

—El ramo de flores estaba abajo y me he ofrecido a subírtelo —le explicó—. ¿Dónde pongo la planta? —preguntó.

—Déjame que piense —se dirigió hacia su nueva mesa de café y luego miró a la habitación—. Vamos a ponerlo allí, bajo la ventana. Es preciosa, Sam.

—¿Quieres que me vaya para que leas la tarjeta a solas?

—¿La del ramo? ¡No!

Parecía que el ramo, que no sabía quién podía habérselo mandado, iba a estropearles la noche.

Sacó la tarjeta del sobre casi con rabia y empezó a leer. *Cielo...* Hope sonrió.

—Es de mi decoradora. Ha estado haciendo algunas cosas en el apartamento. Es una persona... especial. Le pega mandar flores.

—Sí, veo algunos cambios aquí y allá —dijo Sam, también más tranquilo.

Hope siguió leyendo la tarjeta:

Cielo, que tengas un buen fin de semana.

Hope se detuvo y deseó no haber empezado, pero ya tenía que continuar.

Le dije al hombre que pusiera algunas flores de la pasión. Me dijo que no durarían, pero le dije que daba igual. Maybelle y los chicos.

—¿Quiénes son los chicos?

Hope se quedó mirando al hombre que estaba allí, llenando el salón con su poder y virilidad. De repente, sintió que todo iba a salir bien.

—Los dos hombres guapísimos que he tenido el gusto de conocer esta mañana —dijo, suspirando dramáticamente—. Se pasaron todo el día en mi habitación y ni siquiera me rozaron.

Hope fue hacia él y ladeó la cabeza.

—Por otro lado, si te hubieran visto, hubiera sido peligroso para la relación que tenían entre ellos.

Sam la miró en silencio.

—Empecemos otra vez —dijo con brusquedad.

Agarró la planta y fue hacia la puerta.

—¡Sam, no... ! —gritó Hope, viendo que salía del apartamento y cerraba la puerta—. ¡Sam!

Hope sintió frío.

Pero en ese momento, se oyó el timbre y Hope abrió la puerta con cautela.

—Feliz Navidad —dijo Sam con voz grave.

Entró, la agarró por la barbilla y le dio un beso breve en los labios.

—Sam, no deberías haberlo hecho —susurró ella.

Entonces Sam dejó la planta en el suelo y tomó a Hope entre sus brazos y la apretó contra sí.

Los besos de él volaron suavemente desde un extremo de su boca al otro. Un calor repentino caldeó todo su cuerpo. Notó el placer que anticipaban sus muslos, sus senos, y que salía por sus manos temblorosas.

La boca de Sam era también cálida e increíblemente suave mientras se deslizaba desde su mejilla a su oreja. Hope se estremeció cuando la lengua de él rozó el lóbulo de su oreja.

—¿Quieres que salgamos a cenar a algún lugar cercano?

—Quedémonos aquí —susurró Hope—. Tengo comida...

La boca de él volvió a atrapar la de ella, haciendo desaparecer todo lo que no fuera el deseo desesperado que sentía por aquel hombre.

Capítulo siete

POR primera vez, Sam Sharkey había actuado como un adolescente celoso. En cuanto se había enterado de que no había ningún otro hombre detrás de ella, había sentido un enorme alivio y el deseo de hacerla suya inmediatamente.

La besó y a medida que el beso fue haciéndose más apasionado, perdió por completo el control de sí mismo.

Al acariciarle la espalda se dio cuenta de lo delicada que era, pero al mismo tiempo, de que poseía una gran energía. Estaba seguro de que sería increíble en la cama.

Pero se dijo que tenía que ir despacio. Si no recuperaba la calma, la asustaría. Así que hizo un gran esfuerzo y trató de separarse. Sin embargo, estuvo a punto de volver a perder el control cuan do notó la resistencia de ella.

—Este comienzo me ha gustado más —aseguró con voz forzada—. Y ahora tenemos que pensar dónde vamos a poner esto.

Hope, que estaba como flotando, al principio no supo a qué se refería. De pronto, se dio cuenta de que estaba hablando de la planta que le había regalado.

Sam se quitó el abrigo y luego agarró la planta. La puso bajo la ventana y se echó hacia atrás para ver qué tal quedaba.

—¿Qué te parece?

Ella sintió un intenso calor húmedo entre los muslos. «Me parece que eres increíble. Tienes un cuerpo de ensueño y me encanta tu modo de acariciarme, me encantan tu boca, tus manos, tu... ».

—Queda muy bien —contestó en voz alta. Luego se aclaró la garganta—. Le da un aspecto más navideño a la casa.

Entonces, Sam se volvió y sonrió seductoramente. Ella pensó que se iba a derretir.

—Sacaré algo de picar, ¿te parece? Tú, si quieres, puedes ir descorchando el vino. Tengo blanco y tinto.

Hope fue a la cocina y comenzó a servir la comida que había comprado en Zabars. Costillas, gambas rebozadas, camarones, una tabla de queso francés, ensalada de pasta, tabulé y una ensalada griega con queso Feta.

También había comprado varios postres, así que, a pesar de que Zabars estaba solo a cinco manzanas de su casa, había tenido que volver en taxi debido a la cantidad de bolsas que llevaba.

Desde luego Sam parecía hambriento, pero no estaba segura de que fuera de comida.

Cenaron relajadamente en el sofá mientras nevaba afuera. Cuando Sam se terminó el último trozo de tarta de limón, se le quedó un poco de crema pegada en la comisura de la boca. Así que se pasó la lengua por los labios para limpiarse. Hope siguió con los ojos el movimiento de la lengua y recordó el beso que se habían dado. Entonces pensó lo que ocurriría a continuación y se estremeció.

Ya lo habían retrasado todo lo que era posible, pensó también. Seguramente, ya era hora de pasar al asunto principal que los había reunido esa noche.

Y él parecía estar pensando lo mismo, porque de pronto le agarró una mano y se metió un dedo en la boca.

—Umm, sabe a frambuesa.

Ella se estremeció.

—Quizá quieras...

—Lo único que quiero ahora mismo es a ti —dijo Sam—. Y si tu dedo sabe a frambuesa, quiero comprobar a qué sabe tu boca —añadió, inclinándose hacia ella.

—Espera un momento —dijo Hope, echándose hacia atrás.

—De acuerdo, recogeremos esto primero.

¿Recoger? No era precisamente en lo que ella pensaba.

—¿Tienes una bandeja?

—¿Una bandeja? Creo que sí —contestó ella, yendo a la cocina.

Después se la llevó a él, que recogió la mesa rápidamente.

Entonces Hope se dio cuenta de que ya no había más excusas para seguir aplazando lo inevitable.

—Ha quedado un poco de vino —comentó él—. Si quieres, podemos compartirlo.

—¿Quieres un café? —preguntó Hope, deseando que dijera que sí.

—No.

La miraba de él dejó perfectamente claro qué era lo que deseaba, pero sin embargo siguió hablando en un tono sereno y educado.

—Si has cambiado de idea, solo tienes que decirlo —le agarró la barbilla y le acarició el cuello con el pulgar.

—No, no, estoy bien. Además, hicimos un trato.

Él sonrió y luego la levantó en brazos y la dejó sobre la encimera. Le apartó las rodillas y se colocó contra ella.

—Olvídate del trato —dijo, tomando su rostro entre las manos—. Si te arrepientes en algún momento, solo tienes que decirlo.

Al sentir el contacto de las manos de él, un calor intenso pareció despertarse en sus rodillas y le subió en dirección a los muslos.

—No me arrepiento —aseguró ella—, pero tendremos que aclarar antes de nada un par de cosas —se quedó pensativa un momento—. ¿Usaremos preservativo?

Ella había comprado, por si acaso, una caja de tres preservativos y la había metido en la mesilla de noche.

—Sí, claro —contestó él, yendo al salón.

Enseguida volvió con su maletín y, al abrirlo, ella vio que llevaba dentro una muda.

—Es sorprendente lo que cabe en un maletín cuando dejas el portátil en casa —aseguró él, sacando una caja—. Mira, aquí están.

Hope respiró hondo al ver que la caja de preservativos de él era enorme.

—Bueno, la caja grande salía más barata —añadió Sam, leyéndole el pensamiento.

—Sí, claro.

—Y mira la caducidad —él señaló la fecha en la caja—. No te preocupes, no pasará nada.

Pero estando al lado de Sam, no se sentía muy segura. Aquel hombre había conseguido sacarla de su vida rutinaria y tenía que admitir que estaba asustada.

—Sí, claro, si no me preocupo —dijo ella, mirándolo a los ojos.

—¿Seguro que estás bien? —le preguntó

él—. ¿No estás nerviosa?

—Oh, no —mintió—. Además, tampoco importaría mucho que yo lo estuviera.

Él se la quedó mirando fijamente.

—¿Y sí importaría que lo estuviera yo?

—Claro —aseguró ella—, porque cuando un hombre se pone nervioso, puede afectar a su... herramienta reproductora.

—¿Herramienta reproductora? —repitió él, separándose de ella. Pero luego se relajó y se acercó otra vez—. Hope, creo que deberías ser menos racional.

Luego la besó.

—No te preocupes por nada —susurró—. Nos vamos a divertir.

Tomó el rostro de ella entre las manos y comenzó a masajearle los lóbulos de las orejas con los pulgares. Ella pareció relajarse inmediatamente.

A medida que el beso se volvía más apasionado, comenzó a acariciarle el pelo. Luego, bajó las manos por el cuello hasta llegar a su espalda. El puro placer dejó paso a algo más profundo a medida que ella respondía a su beso.

Sam entonces la agarró por la cintura y la apretó contra su cuerpo para que sintiera su miembro erecto. Hope dio un gemido y sintió cómo el deseo la envolvía en una especie de nube que la elevaba cada vez más, que hacía latir su corazón a toda velocidad y que la arrastraba a una especie de euforia.

En un momento dado, Sam comenzó a acariciarle las nalgas y a llevarla hacia al dormitorio, atrapándola en una especie de danza seductora que ella habría deseado que fuera eterna. Cuando llegaron a la entrada, Sam empujó la puerta con el codo y ella vio las velas encendidas, que parecían estar esperándolos.

Ya dentro, la dejó sobre la cama.

—Eres una mujer increíble, Hope Summer —le aseguró—. Tu pelo es como el cobre, tus ojos parecen dos esmeraldas. Eres guapa, inteligente y divertida. Y esta noche vas a ser mía —dijo, tumbándose a su lado.

Seguidamente, Sam le puso la mano en el cuello y Hope pensó que se le iba a parar el corazón.

Entonces, le desabrochó un botón de la camisa y metió la mano para acariciarle los pechos. Luego, agachó la cabeza para lamérselos. La respiración de ella se volvió entrecortada.

Mientras le desabrochaba el sujetador, los pezones se pusieron duros bajo la tela. Hope soltó un gemido y se apretó contra él.

Después de quitarle el sujetador por completo, Sam comenzó a chuparle los pezones. Ella se arqueó de placer mientras él hacía círculos con la lengua alrededor de ellos.

—No puedo más —susurró ella—. Para de hacer eso.

—¿Por qué?

—Porque me estás volviendo loca —le apartó la cabeza de sus senos y le dio un beso.

—Esa era mi intención —dijo él antes de besarla como ella tanto deseaba.

Hope, sin poder soportar más el deseo que la invadía, se colocó sobre él, que la agarró por las nalgas para apretarla contra su sexo.

Ella lo miró a los ojos y se fijó en cómo le brillaban a la luz de las velas. Él le quitó del todo la camisa y volvió a acariciarle los pechos mientras ella se frotaba contra él.

En un momento, Hope sintió que caía por un abismo de delicioso placer. Con un grito de sorpresa, se dejó caer sobre él.

—Oh, lo siento. No sé qué me ha pasado. Bueno, quiero decir... que no ha sido como se suponía que...

Él la tumbó sobre la colcha y la besó.

—Claro que lo ha sido. Ha estado muy bien.

—¿De veras? Desde luego para mí sí ha estado bien.

Él comenzó a bajarle la falda.

—Ha estado mejor que bien —él tiró la falda en una esquina del dormitorio y luego se fijó en su cuerpo desnudo, salvo por unas braguitas de encaje negro, que inmediatamente le quitó también.

Luego se arrodilló y comenzó a quitarse la ropa. Una vez desnudo del todo, apartó la colcha y se tumbó al lado de ella.

Hope contempló el increíble cuerpo de él. Los hombros fuertes, el ancho pecho cubierto de pelo rizado, la cintura estrecha, los musculosos muslos y, por encima de todo, la evidente muestra de su deseo por ella.

De pronto, Sam hundió la cabeza entre los muslos de ella y comenzó a lamer con la punta de la lengua el centro de su feminidad, todavía tembloroso.

Ella sintió cómo perdía el control. En ese momento, dejó de preocuparle si él se lo estaría pasando bien o si le gustaría el cuerpo desnudo de ella. Lo único que le importaba ya era el deseo que despertaba en ella con su lengua.

Hope estaba otra vez al borde del clímax cuando sintió que él se apartaba de su sexo y comenzaba a besarle el estómago, deteniéndose a lamerle el ombligo. Entonces gritó de placer.

Sam subió hasta los pechos y se los lamió, haciendo círculos, hasta que finalmente se metió un pezón en la boca y luego el otro.

Ella clavó los dedos en su espalda y luego

le acaricio el pecho, jugando con el vello que lo cubría. Finalmente comenzó a buscar la parte de él que más necesitaba en aquellos momentos.

Cuando su mano la encontró, él gimió de placer. Ella levantó la mirada para ver su rostro. Contempló cada uno de sus rasgos y sintió tal afecto por él, que se asustó.

—Quiero que me hagas tuya ahora mismo —susurró, muriéndose de deseo.

—Todavía no —dijo él, alcanzando el sexo de ella y hundiendo un dedo en él.

Ella se arqueó de placer y sintió cómo una ola la iba elevando. Aquella vez, el clímax fue todavía más intenso.

Él la abrazó antes de dejarla caer sobre las sábanas.

Hope abrió los ojos, llenos de lágrimas.

—Y ahora tú, por favor.

Sam comenzó a secarle las lágrimas mientras cubría su boca de suaves besos.

Sam empezó a pensar que quizá era el momento de irse a casa, de decirle a Hope que había cambiado de opinión. Y no porque no la deseara, sino porque corría el riesgo de enamorarse de ella. Tenía que saber reconocerlo y admitir que aquello no encajaba en sus planes.

Pero lo difícil era convencer a su cuerpo, después de todo lo que había pasado allí esa noche. Él había disfrutado enormemente dándole placer, ya que se había dado cuenta desde el principio que todo lo que ella sentía era verdadero. No había habido nada fingido.

Así que alcanzó la caja de condones que había dejado sobre la mesilla y se puso debajo de Hope, que quedó sentada a horcajadas sobre él.

Los ojos de ella brillaron como dos joyas al colocarse sobre el sexo de Sam. Para él ya no hubo más dudas. Ambos eran adultos y, por tanto, responsables de sus actos.

Aunque, de repente, Sam notó una pequeña resistencia por parte de ella.

—¿Estás segura? —le preguntó.

—Sí. Oh, por favor, sí —contestó ella.

Y entonces entró en ella y Hope dejó de ser virgen. Sam sintió su sorpresa y la sorpresa de ella, y entró en un mundo de fuego y sangre.

Notó las lágrimas de Hope sobre el pecho, pero ella parecía no darse cuenta y seguía moviéndose sobre él, que apenas podía contenerse. Quería hacerlo para llegar juntos al clímax, así que se contuvo hasta que ella soltó un grito de placer y se derrumbó sobre su pecho. Solo entonces él también se abandonó.

Luego la abrazó y la ayudó a tumbarse a su lado.

—¿Estás bien? —susurró él.

—Sí, muy bien —contestó ella—. Y muy contenta de haberme convertido en mujer.

—Yo también estoy muy contento.

—Me sorprende cómo te esforzaste en darme placer, en vez de pensar en el tuyo propio.

—Para una mujer el placer es infinito. Pero para un hombre...

A medida que hablaba sintió que se volvía a excitar.

—Un hombre tiene que esperar entre dos y tres minutos antes de volver a empezar.

Ella soltó una carcajada y luego se apretó de nuevo contra él.

Capítulo ocho

A Hope no la despertó la luz que llenaba la habitación, sino un grito grave de dolor y una serie de maldiciones.

—Las cortinas, las cortinas —decía Sam.

Debía de estar soñando con un cliente o suplicándole que las corriera. Pero no podía obedecerle, porque no había.

—¿Quieres un antifaz?

Él, que estaba tumbado boca arriba, se volvió hacia ella y entreabrió los ojos y la miró de reojo sin comprender.

—Sí, como los que te dan en los aviones para que puedas dormir —añadió Hope.

—Oh, no, gracias. Ya me estoy acostumbrando —contestó él, abriendo los ojos del todo.

—Debe de ser tarde —dijo Hope, poniéndose también boca arriba.

—Supongo que las ocho más o menos.

—Yo nunca duermo hasta tan tarde. Si lo hiciera, necesitaría cortinas —aseguró Hope.

En el techo se formaban dibujos siempre distintos, con la luz del sol que incidía en los carámbanos de las ventanas. El efecto era precioso.

—Yo también madrugo. En julio incluso suelo levantarme a las cuatro, que es la hora a la que sale el sol.

—Igual que yo —dijo Hope.

En ese momento, sonó el teléfono. Pero Hope no se movió.

—¿No vas a contestar? —quiso saber él.

—No.

—¿No quieres saber quién es?

—Sé quién es. Y debe de ser más tarde de las ocho.

—¿Por qué los sabes?

—Porque si aquí fueran las ocho, serían solo las cinco en California y las siete en Chicago.

—¿Y?

Al poco de que el teléfono dejara de sonar, empezó a oírse la voz de Charity, grabándose en el contestador. Hope pensó que, después de haber pasado la mejor noche de toda su vida, lo último que quería era ponerse a charlar con sus hermanas.

Sam se levantó entonces y, totalmente desnudo, se fue al baño.

—No te muevas —dijo ya desde la puerta—. Voy a cepillarme los dientes y vuelvo. Tenemos todavía algo que hacer antes de levantarnos.

—Espera un momento. Se suponía que esto iba a ser para relajarnos. No sabía que se trataba de un maratón.

A las dos de la tarde, Sam se sentó con determinación en la cama después de sacudir las migas del desayuno y de la comida.

—Ya sé qué vamos a hacer ahora.

—También lo sé yo —dijo Hope—. Irnos a trabajar.

—No, vamos a comprar un árbol de Navidad para tu apartamento.

—No necesito ningún árbol de Navidad —protestó ella—. Todo el espíritu navideño que puedo permitirme es pasar el día de Navidad con mi familia.

Sam ignoró su comentario.

—Tienes espacio de sobra para ponerlo.

—Está bien, pero tendrá que ser un árbol pequeño.

—Ya veremos —dijo él—. Dúchate tú primero. Mientras tanto, yo haré una lista de lo que necesitaremos. ¿O quizá sería mejor que nos ducháramos juntos e hiciéramos la lista después?

Ya estaba anocheciendo cuando Sam les dio una generosa propina a los dos hombres que habían llevado el paquete de nueve pies hasta el apartamento de Hope.

—Creo que yo también me merezco un billete —se quejó Hope, dejando bruscamente las bolsas que llevaba en el suelo.

—Ten cuidado con los adornos —dijo Sam mientras rasgaba el papel que cubría el árbol de Navidad—. Y ahora, ve a cambiarte para ayudarme a colocar el árbol en su base.

Hope fue a cambiarse, decidiendo que ya era hora de que él la viera con una de las sudaderas que solía llevar en casa. Quizá aquello disminuyera un poco la tensión sexual entre ellos y que había estado latente toda la tarde mientras discutían de las luces y los adornos para el árbol.

Al final, ella había impuesto su criterio. Había elegido bolas plateadas y oropel de varios colores. También había comprado dos docenas de rosas de terracota de color rojo.

Después de recogerse el pelo en una coleta, volvió al salón dispuesta a ayudar a Sam a colocar el árbol.

—Si muevo este a la izquierda —dijo Sam—, quedará demasiado pegado a ese otro.

—Pues entonces también tendremos que mover el otro.

—Entonces tendremos que mover todos.

—¿Es que vamos a tener nuestra primera

pelea? —preguntó Hope.

—Por supuesto que no. Pero tenemos que resolver esto entre los dos. Lo único que estamos haciendo es discutir las posibles soluciones. Y a mí se me acaba de ocurrir una bastante buena.

Sam bajó de la escalera y fue hacia ella. Al parecer, la sudadera no había tenido el efecto deseado. Pero como estaba un poco dolorida, decidió que lo mejor era tratar de esquivarlo.

—Eso no solucionará el problema. Además, si hubiéramos utilizado un triángulo para colocar las bolas, no estaríamos ahora metidos en este apuro.

—No estamos en ningún apuro. Es solo un árbol de Navidad —Sam se la quedó mirando unos instantes—. Está bien, lo haremos a tu manera.

—Muy bien, me encanta salirme con la mía.

—¿De veras? —dijo él, acercándose un poco más.

Ella retrocedió.

—Sí —contestó ella, esquivándole y yendo a por el triángulo.

Cuando abrió el armario y vio que estaba lleno de contenedores etiquetados, soltó un suspiro.

El triángulo estaba en un contenedor

donde podía leerse: *Herramientas*. Pero también había otros etiquetados como *Utensilios de limpieza*, o *Catálogos*, o *Limpieza del calzado*.

—¿Ocurre algo? —le preguntó Sam, acercándose—. ¡Vaya, si parece una tienda!

—Obra de mi decoradora —le explicó Hope—. Es una amante del orden. Y ahora, vamos a colocar esos adornos.

Pero él no se movió.

—Todavía tienes algunos compartimentos vacíos. En este podrías meter los refrescos de cola.

—O la comida de gato.

—¿Quieres un gato?

—Estoy pensándomelo.

—¿Y esto de aquí? —preguntó él, señalando un contenedor, donde podía leerse: *Tuberías*—. ¿Tienes una colección de tuberías?

—Bueno, me ayuda tener ejemplos en casa. Ya sabes lo mucho que me gusta mi trabajo.

—Claro —dijo él—. ¿No tendrás una 12867 por aquí, verdad?

Ella lo miró con suspicacia, pero él parecía hablar en serio.

—Por supuesto que tengo una. Es la estrella de mi colección.

Él se quedó pensativo.

—Este armario es como una metáfora de tu vida.

—¿Qué?

—No te hagas la sorda. Ya sabes a qué me refiero. ¿O es que no te gustaría que tu vida estuviera tan ordenada como este armario? Un armario donde todo tuviera su lugar y que pudieras cerrarlo a tu antojo.

A ella empezó a gustarle la idea.

—Sí, y con sitio para todo.

—Con un compartimento para la familia y otro para los amigos —Sam se colocó muy cerca—. Y otro para la pasión.

Ella se estremeció cuando él la abrazó.

—Otro para el amor, otro para el matrimonio y otro para los niños.

Hope lo miró fijamente a los ojos, pero la mirada de él era completamente inexpresiva.

—¿Tú quieres esas cosas?

—Algún día. ¿Y tú?

—Algún día.

Él respiró hondo.

—Por cierto, no te he contado las novedades de la semana —dijo él—. El caso de Magnolia Heights va a ir a juicio. Y yo voy a encargarme de él.

Los ojos de ella se abrieron de par en par mientras el corazón comenzó a latirle con fuerza. En ese momento, se sintió muy orgullosa de Sam.

—Y Phil me ha insinuado que me harán socio.

—Oh, Sam —dijo, abrazándolo—, estoy muy contenta. Sé lo mucho que eso significa para ti. ¿Cuándo lo sabrás seguro?

—Los socios se reunirán el veintiuno de diciembre. Va a ser como una película de suspense —dijo él, sonriendo—. No sé si podré soportar la tensión.

—Por supuesto que podrás —le aseguró Hope—. Además, para entonces estarás trabajando tanto, que no pensarás en nada que no sea el caso.

«Incluida yo», pensó Hope, poniéndose triste de repente.

—Mañana empezaré a prepararlo. Pero hasta entonces, tenemos tiempo para decorar el árbol.

—Con este triángulo, ya verás como acabamos enseguida.

—Ya está todo, salvo la estrella de arriba.

—¿Cómo he podido olvidarme de la estrella? —se preguntó Hope.

—Eso tiene fácil solución —le aseguró Sam—. Mañana tengo una comida de negocios en el centro. Así que te compraré una cuando vuelva al despacho. Por cierto, ¿qué hora es?

Hope consultó el reloj, dándose cuenta de que no lo había mirado desde... las siete menos cinco del día anterior. Desde ese momento, no había habido hora, ni ningún otro tipo de presión. Pero al día siguiente, lunes, ambos tendrían que volver al mundo real. De repente, se extrañó al sentir cierta inquietud ante esa idea, ya que siempre estaba deseosa de que llegara el lunes por la mañana.

—Son las siete —contestó ella—. ¿Tienes hambre? Anoche sobró mucha comida.

—Ahora dime la verdad —dijo él, agarrándole la barbilla.

—De acuerdo.

—Si quieres que me marche, solo tienes que decirlo.

—Bueno, no, yo...

—Te repito que seas sincera.

Ella lo miró a lo ojos.

—No, no quiero que te vayas, pero si tienes que trabajar, lo entenderé.

—Por supuesto que tengo que trabajar. Siempre tengo trabajo pendiente. Pero puedo aplazarlo.

Ella asintió.

—Pero tú también tienes cosas que hacer —añadió—. Hoy es domingo, así que te toca ponerte la mascarilla.

Y tenía que arreglarse el pelo y hacerse la manicura, se recordó, mirándose las uñas. Se había roto dos decorando el árbol y el resto no estaban tampoco en muy buen estado.

—También puede esperar.

—En ese caso, tengo que hacer un par de recados.

—Muy bien, yo...

Para Hope, Sam era la persona que más rápidamente se ponía en marcha. Fue a ponerse el abrigo y la bufanda.

—Tú puedes ir sacando las sobras. Estaré de vuelta en tres cuartos de hora. ¿Quieres que traiga algo?

—Sí, podías traerme una bola de goma espuma y pintura de esa que imita al oro.

—Muy bien —dijo él, abriendo la puerta y saliendo.

Cuarenta y cinco minutos. No tenía tiempo que perder. Fue a sacar los platos del lavavajillas y luego abrió la nevera en busca de las sobras de la noche anterior.

Seguidamente fue al baño y se arregló las uñas. Todavía con los algodones entre los dedos, fue a la habitación para llamar por teléfono.

—¿Diga?

—Maybelle, soy yo. Hope.

—¿Qué tal, cariño?

—Bien. Gracias por las flores. Son preciosas. Maybelle, me estaba preguntando si podrías venir el martes.

—Sí, claro. Pero, ¿estás segura de que te encuentras bien?

—Claro que sí —aseguró ella.

Pero lo cierto era que se sentía hecha un lío y lo más extraño era que de repente le hubiera apetecido llamar a Maybelle.

Entonces pensó en el armario lleno de compartimentos y llegó a la conclusión de que Maybelle no solo se dedicaba a decorar las casas. También se ocupaba de desenredar la vida de los demás.

—Bueno, pues nos vemos el martes entonces —se despidió de ella.

Después de colgar, Hope sacó las tuberías que tenía y las puso en una mesa para enseñárselas a Sam. Finalmente, se quitó la sudadera y los pantalones y se puso un vestido de terciopelo de color púrpura. No se había puesto ropa interior para darle una sorpresa a Sam.

Este llegó poco después y enseguida reparó en las cañerías. A continuación y sin decir nada, sacó la goma espuma y la pintura dorada.

—¿Por qué me da la impresión de que esto va a convertirse en una estrella para el árbol?

Hope le sonrió.

Fue una desgracia que el teléfono sonara y peor aún que ella contestase.

—No puedes hacernos esto, Hope —protestó Faith.

—Hace horas que te llamamos y no nos has devuelto la llamada —añadió Charity.

—Telefoneamos a mamá y a papá para decirles que creíamos que estabas muerta —dijo Faith.

—No es cierto —dijo.

Hope se volvió hacia Sam e hizo un gesto de desesperación, diciéndole en voz baja que eran sus hermanas. Luego le hizo un gesto para que no hiciera ruido.

—Pero estuvimos a punto de hacerlo —le aseguró Charity.

Sam se acercó en ese momento y le llevó la copa de ponche para que bebiera un trago.

—¿Quizá te llamamos en mal momento? —añadió Charity.

Sus hermanas parecían videntes. Porque no podían haber oído a Sam, a pesar de que él estaba detrás de ella y le estaba besando la nuca.

—Bueno, es mi noche para acicalarme. Ya hablaremos mañana.

Después de colgar, se quedó quieta mientras él la abrazaba.

—Se me ha ocurrido una idea —murmuró él.

Ella ya se imaginaba la idea.

—Parece que esta noche estás muy imaginativo —comentó ella—. ¿De qué se trata esta vez?

—Como esta noche te toca acicalarte —dijo, imitando su voz—, yo te ayudaré a hacerlo.

—Es una idea estupenda —dijo, volviéndose un poco hacia él—. ¿Y por dónde empezamos?

—Elige tú. Los dedos de los pies o de las manos.

—Suelo empezar dándome un baño de pies —dijo, besándolo en la barbilla.

Entonces él la tumbó en el sofá y se puso a sus pies.

—Sam, ¿qué estás haciendo? He dicho que tenía que ponerlos en remojo, no que...

Pero él le había quitado ya la zapatilla de terciopelo y se había metido el dedo gordo de un pie en la boca. Comenzó a lamérselo cuidadosamente mientras le acariciaba el resto del pie. Luego sus dedos subieron hasta la pantorrilla y ella comenzó a sentir que una llama corría por sus venas en dirección a su corazón.

Sam continuó con el resto de los dedos y ella creyó que iba a morirse de placer. Aunque enseguida empezó a necesitar más. Loca de deseo por él, estiró su otra pierna y comenzó a acariciar el sexo de él con el pie. La reacción de Sam no se hizo esperar y Hope notó enseguida su erección.

Cuando Sam soltó su pie, Hope pensó que ya se habría cansado de lamerle los dedos, pero entonces le agarró el otro pie, con el que lo estaba torturando de un modo tan placentero.

—Ahora toca el otro pie —aseguró Sam con voz ronca.

Y cuando comenzó a lamerle los dedos del segundo pie, ella acercó el primero a su sexo y él comenzó a moverse.

Hope sintió que el interior de sus muslos comenzaba a quemarlo de deseo y pensó que tenía que hacer algo para remediarlo.

—Creo que esto sería todavía más diverti-do si estuvieras desnudo —propuso ella.

—¿Todavía más divertido? —consiguió decir él a duras penas.

—Te lo demostraré.

Hope se inclinó hacia delante y alcanzó el cinturón de él. Cuando comenzó a desabro-chárselo, él soltó el pie de ella y la ayudó a desnudarlo.

Cuando lo ayudó a quitarse el jersey, a Sam se le quedó enganchado un brazo y ella aprovechó para ir rápidamente a la habita-ción.

Luego volvió y se sentó a horcajadas sobre

143

él y lo ayudó a terminar de quitarse el jersey. Luego, levantándose la falda del vestido, dejó que su sexo se acercara al de él. Al notar que ella no llevaba nada debajo, él dejó escapar un gemido.

—¿No te parece esto más divertido? —le susurró ella al oído. Luego le metió la lengua y él comenzó a moverse rítmicamente debajo de ella.

Hope notó que el fuego en su interior crecía más y más. Comenzó a darle pequeños besos por toda la cara mientras apretaba sus senos contra el pecho de él. Entonces Sam le agarró las nalgas desnudas y la apretó más contra él.

Ella se echó hacia atrás y agarró el preservativo que había ido a buscar antes a la habitación. Mientras se lo ponía, notó cómo se agitaba el miembro erecto de él contra su mano. Finalmente, se lo acercó a su propio sexo.

Ambos gimieron cuando sus cuerpos se unieron. Sam comenzó a quitarle el vestido con dedos temblorosos y después de sacárselo por la cabeza, apretó su pecho contra los senos desnudos. Hope, entonces notó cómo un remolino la iba elevando más y más.

Poco después, entre gritos y temblores, Hope alcanzó el clímax y, segundos después, él explotó dentro de ella.

Exhaustos, se dejaron caer sobre el sofá, donde se relajaron poco a poco sin soltarse.

—¿Quieres que empecemos con las uñas de las manos? —le preguntó él después de unos instantes.

Ella soltó una carcajada.

—No.

—¿O quieres que empecemos con tu pelo?

—No.

Ella se sentía tan relajada que lo único que podía pensar era en dormir. Sus ojos se fueron cerrando lentamente.

Capítulo nueve

SAM llegó a su casa al amanecer. Su apartamento le pareció incluso más sombrío de lo habitual mientras se duchaba y afeitaba. Luego abrió su desordenado armario para elegir uno de sus caros trajes, que allí colgados parecían fuera de lugar.

Pero así era él. Ahorraba en las cosas que no estaban relacionadas con su imagen pública y no reparaba en gastos en lo que concernía a esta.

Y gracias a esa filosofía, en los seis años que llevaba trabajando para Brinkley Meyers había conseguido pagar el préstamo que había pedido para ir a la universidad, al tiempo que había abierto cuatro cartillas de ahorro para que sus sobrinos pudieran estudiar en el futuro. Y cuando consiguiera entrar como socio, alcanzaría su objetivo principal.

De pronto, se fijó en que la luz del contestador estaba parpadeando y lo puso en marcha para escuchar los mensajes mientras se ponía los gemelos en los puños de la camisa.

—Hola, hijo —dijo la voz de su madre—.

Hace mucho que no sé nada de ti. Te veremos en Navidad, ¿no? Llámanos para decirle a papá a qué hora tiene que ir a recogerte al aeropuerto.

Sam soltó una maldición. Todavía no había comprado el billete de avión.

Hope también se marcharía a pasar el día de Navidad con su familia. Sabía que procedía de Chicago y que tenía dos hermanas. Quizá eso sería lo único que llegara a saber de ella; no sabía cuánto duraría su relación.

Una hora más tarde, estaba en su despacho frente a una pila de cajas etiquetadas como: *Caso Stockwell contra Cañerías Palmer*. Aquella era la documentación del caso informalmente conocido como Magnolia Heights.

—Ya está casi todo —le dijo el joven empleado que le estaba llevando la documentación—. Un par de viajes más y listos.

En ese momento, entró Cap Waldstrum.

—Felicidades —le dijo a Sam—. Ya me he enterado de que te han asignado el caso.

—Eso parece.

—Sí, te has convertido en el príncipe heredero.

—¿Por este caso?

—Por haber estado en el sitio correcto en el momento preciso. Por cierto, he estado tratando de localizarte este fin de semana

—Cap siguió hablando antes de que Sam pudiera decir nada—. No te dejé ningún mensaje, porque supuse que estarías ocupado.

—Sí, estaba ocupado.

—¿Todavía sigues viéndote con Hope Summer?

—Sí.

—Menuda coincidencia que trabaje en Palmer.

—Es cierto —dijo Sam, que no sabía dónde quería ir a parar el otro.

—¿Y quién arregló el encuentro?

Ya sabía dónde quería ir a parar.

—Amigos mutuos —respondió Sam en un tono duro—. Pero en cualquier caso eso no es asunto tuyo.

—¡Qué pequeño es el mundo!, ¿verdad? Resulta que ella trabaja en Palmer y a ti te dan el caso.

Sam se puso en pie y, a pesar de que Cap debía de ser igual de alto que él y con una constitución parecida, este se encogió.

—¿Estás sugiriendo que me he estado viendo con Hope para que me dieran el caso?

—Oh, no, en realidad lo que he venido a decirte es que me gustaría trabajar en tu equipo. Estuve muy involucrado en el intento de llegar a un acuerdo y me gustaría ver cómo evoluciona el caso.

Aquello dejó a Sam muy sorprendido. ¿Estaba ofreciéndose Cap a seguir las órdenes de Sam?

—Bueno, pues gracias, Cap. Dentro de un día o quizá dos, sabré qué clase de ayuda necesito. Pero supongo que me será muy útil contar con alguien que conozca el caso como tú. Te llamaré —hizo una pausa—. ¿Cómo están Muffy y los chicos? ¿Vais a pasar el día de Navidad en casa o vais con los padres de Muffy?

Aquello le recordó que tenía que telefonear al aeropuerto para reservar un billete para Omaha. Sin embargo, una vez se marchó Cap, llamó por teléfono y decidió reservar dos. Por si acaso.

Hope estaba trabajando en su despacho cuando sonó el teléfono.

—¿Diga?

—Soy Slidell, ¿qué tal funciona el ordenador que le prestamos?

—Bien, pero, ¿cuándo tendré listo el mío?

—Su ordenador estaba seriamente dañado, así que le he pedido uno nuevo —dijo Slidell—. Lo tendrá listo en unos días. ¿Quiere el maletín opcional reforzado de doscientos veinticinco dólares?

—¿Doscientos veinticinco dólares? ¿Qué es, de oro?

—Bueno, ¿lo quiere o no?

—No, porque el otro maletín tambén era reforzado y no impidió que se me rompiera el ordenador.

—Bueno, solo quería saber que el ordenador que le prestamos iba bien.

—Ya te he dicho que sí.

Slidell no dijo nada durante un rato.

—Bueno, espero que le saque partido.

Y después de aquella extraña frase, colgó.

«Sacarle partido», se dijo Hope mientras contemplaba la pantalla del ordenador. En ese momento, se activó la señal de que había entrado un mensaje nuevo. ¿Suyo? No, de Benton.

¿El que le sacara partido incluiría el abrir los mensajes de Benton?

No podía abrir los que él todavía no había leí do, pero sí que podía abrir los que había leído. Él nunca se enteraría de que lo había hecho. Sin embargo, no le parecía ético hacerlo.

Pero por otra parte, era el único modo de averiguar si aquellos mensajes tendrían que ver con el mal funcionamiento de las cañerías en Magnolia Heights.

En ese momento, sonó el teléfono para las

llamadas internas.

—El señor Quayle quiere verla en cuanto usted pueda —le dijo la secretaria de Benton.

—Puedo ir ahora mismo, si quiere.

—Hope —dijo Benton, recibiéndola en su despacho.

Ella asintió mientras se sentaba frente a él.

—Me temo que ya es del dominio público que vamos a ir a juicio por lo de Magnolia Heights. Estará preocupado.

—Así es —dijo Benton.

—Pero tenemos que estar tranquilos. Nuestra cañería 12867 no ha podido fallar.

Él sonrió débilmente.

—Esa es una de las razones por las que te he pedido que vinieras. Sé lo leal que eres a la empresa y estoy seguro de que puedo contar contigo.

Hope, en ese momento, no pudo evitar sentirse culpable por lo de los e-mail.

—Gracias, es cierto. Ya sabes que Palmer es como mi familia.

—Lo sé, y tu lealtad se verá recompensada.

Ella contuvo el aliento. ¿Estaría insinuando que iban a asignarle la vicepresidencia?

—Palmer siempre ha sabido recompensar generosamente la dedicación de sus empleados —aseguró Hope.

Y era cierto. Ella ganaba más dinero del que podía gastar.

—¿O sea qué puedo seguir contando contigo pase lo que pase?

Algo en el tono de él la alertó.

—Por supuesto. Pero, ¿qué es lo que puede pasar? Sé que estamos en un aprieto, pero al menos podemos estar seguros de que no han sido nuestras cañerías las que han fallado.

—Por supuesto que no —dijo él en un tono sombrío—, pero me temo que hay alguien en Palmer que no es tan leal como tú. A pesar de que no quiero acusar a nadie, lo cierto es que han ocurrido ciertas cosas.

«¿Quizá algo relacionado con tus e-mails y tus reuniones secretas?», se preguntó ella en silencio.

—Lamento oír algo así.

—Por otra parte, tu amigo va a representarnos en el juicio. ¿Sigues saliendo con él?

—Sí, pero por el momento no hay nada serio entre nosotros. Los dos estamos demasiado ocupados.

Él pareció no oír lo que ella acababa de decir.

—Parece que es un joven muy prometedor con un gran futuro en Brinkley Meyers.

Además, contigo ahí para recordarle que sus intereses están ligados a los de Palmer...

Hope estaba cada vez más alarmada. Empezaba a sospechar que la repetida utilización de la palabra «lealtad», podía significar que le estuviera preguntando si estaba dispuesta a defender a Palmer pasara lo que pasara, y ella no estaba tan segura. Aunque eso le costara la vicepresidencia.

¿Y Sam? ¿Hasta dónde estaría dispuesto a llegar para hacerse socio de su empresa?

Sí, empezaba a estar segura de que había algo turbio en el caso de Magnolia Heights. Pero en cualquier caso, eso no tenía que ver con ella.

—Benton, hasta ahora he creído ciegamente en que nada había podido pasar con nuestras cañerías. Sin embargo, tus palabras están empezando a alarmarme. ¿Había algún defecto en esas cañerías?

—No —contestó él, mirándola a los ojos—. No había ningún defecto.

Luego se puso en pie y ella se dio cuenta de que daba por concluida la reunión.

—Y si oyes algún rumor que diga lo contrario —añadió Benton—, debes venir a contármelo directamente. ¿Lo harás?

—Por supuesto.

Si ella consideraba que él tenía que enterarse, claro.

La sensación de que su jefe le había ofrecido la vicepresidencia se hizo más fuerte cuando «San Paul, el Perfecto», salió algo más tarde con gesto sombrío del despacho de Benton.

Pero Hope no sintió ninguna satisfacción. Tenía la sensación de haber hecho... trampa. A pesar de que sabía que era ridículo.

Aquella noche, llegó a casa exhausta, tanto física, como emocionalmente. Mientras subía en el ascensor, le entraron ganas de llamar a Sam para pedirle que fuera a verla y le hiciera alcanzar otra vez la pasión que habían compartido durante el fin de semana.

Pero al abrir la puerta de su apartamento, oyó un ruido extraño. Era agua cayendo.

Temiéndose lo peor, revisó la cocina y el baño en busca de algún escape. Sin embargo, no encontró nada anormal.

Al volver al salón, se dio cuenta de que el ruido procedía de allí. Se trataba de otro invento de Maybelle. Detrás del sofá, había colocado una fuente, donde una pequeña cascada de agua caía al lado de un bonsái.

Entonces recordó la sensación de angustia al pensar que se trataba de algún escape de agua. En un segundo, habían pasado por su mente los desperfectos que aquello podía haber supuesto para el suelo y las paredes de su apartamento. Después de lo cual, comprendía mejor la angustia por la que debían de haber pasado los inquilinos de Magnolia Heights.

Eso la hizo decidirse a ir, al día siguiente, para ver el estado de las casas personalmente.

Luego llamó a sus hermanas.

—¿Con quién estabas anoche? —comenzaron a preguntarle las dos al mismo tiempo—. ¿Con Sam? Estupendo.

Mientras ellas seguían hablando, Hope conectó el altavoz del teléfono.

—¿Qué es eso? —preguntó Charity.

—Me parece que es agua cayendo —añadió Faith.

—Es que estoy en las cataratas del Niágara —dijo Hope, sonriendo cuando sus hermanas comenzaron a chillar—. Solo estaba bromeando —añadió cuando se calmaron.

Después de colgar, decidió poner la estrella en lo alto del árbol. La había hecho con goma espuma y pintura dorada. Y con amor.

Entonces le vino a la cabeza el fin de semana. Solo de pensar en Sam, se sentía excitada.

De repente, sonó el teléfono y ella adivinó que se trataba de él. Quizá hasta había sido ella quien hubiera provocado la llamada al pensar en él.

—Hola.

—Hola, Sam —contestó ella mientras sentía cómo le ardía la sangre solo de oír su voz.

—¿Qué tal te ha ido el día?

—Bien, ¿y a ti?

—Bueno, ya he empezado a trabajar en el caso.

Hope se preguntó dónde estaría. ¿Estaría todavía en el despacho o se habría ido ya a casa? Al fondo, se oía una voz y, de repente, le entraron unos celos irracionales al pensar que podía estar con alguna amiga.

—Creo que no va a ser sencillo. Hay muchos intereses en juego —añadió.

—Sí, pero lo único que tienes que demostrar es que Palmer no es la culpable, ¿no?

—Parece que estás empezando a pensar como si fueras abogado —bromeó él.

—No, estoy pensando como la posible vicepresidenta de Márketing. Creo que en ese sentido, estoy siendo un poco egoísta.

—Yo también. Por cierto, ¿vas a dedicar la noche de hoy a ponerte la mascarilla y lo demás?

—No —respondió ella, sorprendiéndose a sí misma—, creo que voy a tomarme la noche libre.

—Haces bien.

—Es más, creo que tampoco voy a cenar

una bandeja de comida precocinada de esas para ver la tele. Voy a pedir comida india.

—¿Para uno o para dos?

Hope fijó la mirada en la estrella del árbol y volvió a sentir los brazos de Sam sobre ella.

—Creo que será más interesante si pido para dos.

—De acuerdo. Entonces te veo en...

Pagó la carrera en silencio y se bajó del taxi. Luego fue hacia la puerta del edificio de Hope con una caja de dulces navideños.

—... dos minutos.

Capítulo diez

DESPERTARSE junto a Sam era demasiado bonito para describirlo con palabras. Pero aquella fría madrugada de invierno se despertaron pronto, cuando aún no había amanecido. Hope pensó que quizá debería mencionar a Maybelle que buscara unas cortinas para el dormitorio por si acaso... Sam seguía con ella cuando llegara la primavera.

—¿Qué hora es? —preguntó él, bostezando.

—Las cinco.

—Hay que ponerse en pie con energía.

—Conque nos pongamos en pie, ya será bastante.

Él se dio la vuelta y abrazó su cuerpo desnudo. Le acarició la espalda y luego hundió la cara en su nuca.

—Y ahora tengo que irme a mi casa —dijo él, apartándose y poniéndose en pie.

—¿No quieres tomarte un café antes de irte?

—Me encantaría. ¿Te importa si me ducho aquí?

—Como si estuvieras en tu casa —contestó ella, sonriendo.

Diez minutos después, se reunió con ella en el salón. Iba vestido con la misma ropa del día anterior, mientras que ella llevaba una bata blanca.

Hope le sirvió el café y había un bollo de canela para cada uno.

—¿Te parece que coordinemos nuestros horarios? —preguntó él, sentándose a la mesa y sacando su agenda electrónica—. Esta noche no hay fiestas, ¿verdad?

Ella fue a buscar su propia agenda.

—No. Yo tengo cita a las siete con Maybelle.

—¿La decoradora?

—Sí, Maybelle Ewing.

Él anotó su nombre en la agenda.

—Pues dile de mi parte que me gusta mucho cómo está quedando el apartamento.

—Lo haré.

—Especialmente esta fuente, que por otra parte, estoy seguro de que a ti también te encanta. Al fin y al cabo, tiene cañerías en su interior —bromeó él.

—No tiene gracia.

—De acuerdo. ¿Y mañana por la noche?

—Palmer da una fiesta para todos sus clientes. ¿Podrás venir?

—Por supuesto —contestó él, anotándolo

en su agenda—. En cuanto al jueves, Cap da una fiesta en su casa de New Jersey.

—¡Ah, qué bien, así conoceré a su mujer!

—Sí, y de paso yo podré dar esquinazo a su hermana, que siempre está persiguiéndome.

—Muy bien. ¿Y el viernes? —Hope consultó su agenda—. Ah, sí, el viernes tengo una reunión con las personas a las que yo llamo «mis amigos».

Él la miró extrañado.

—Sí, digo que los llamo «mis amigos», porque solo tengo tiempo para verlos dos veces al año.

—Entiendo —contestó Sam—. Pues con esto, ya está todo por esta semana, ¿no? Y de aquí en siete días es Navidad.

—¿Tan pronto?

—¿Cuándo sales para tu casa?

—El sábado, ¿y tú?

—El domingo.

Se miraron el uno al otro en silencio.

—No creo que... —dijeron los dos al mismo tiempo.

—... te apetezca acompañarme —terminó la frase Sam, sonriendo.

—Si vinieras conmigo —dijo ella—, mamá y mis hermanas me dejarían al fin tranquila.

—Lo mismo estaba pensando yo.

—Pero no podemos estar en los dos sitios

a la vez —comentó Hope.

—No.

Una vez acabaron de desayunar, Sam se levantó y la ayudó a recoger la mesa. Luego le dio un beso de despedida y, como era normal en él, salió a toda velocidad.

Hope fue entonces a su despacho y consultó el correo en su ordenador. Había un correo para Benton. El remitente era Cap Waldstrum.

Después de dudar unos instantes, decidió abrirlo.

—Confirmado. En el mismo sitio y a la misma hora. No te retrases.

En esa ocasión, no borró el mensaje. Si Benton lo abría desde su casa, no notaría nada. Sin embargo, si lo abría desde su despacho sí sabría que alguien lo había leído. Pero decidió que pasaría lo que tuviera que pasar.

Cuando Hope salió del metro, se encontró frente a los edificios de Magnolia Heights. Al acercarse a uno de ellos, descubrió que había portero automático. Después de tomar aliento, eligió un botón al azar.

Como no contestó nadie, eligió otro. Tampoco contestó nadie. Al quinto intento, contestó una voz de mujer. El llanto de un bebé se oía al fondo.

—¿Hola? —dijo—. Siento molestarla. Soy Sally Sue Summer, una... asistente social. Estoy aquí para determinar los riesgos para la salud de los escapes de agua. ¿Podría atenderme usted un momento?

La mujer pareció pensárselo unos instantes.

—Está bien —contestó finalmente—, suba.

El ascensor era sencillo, pero limpio, y Hope subió al séptimo piso, donde, según la placa del portero automático, vivía la familia Hotchkiss.

La señora Hotchkiss era joven y bastante guapa. Llevaba a una niña pequeña en brazos, que parecía haber dejado de llorar y que empezaba a quedarse dormida.

—Es que está echando los dientes —dijo la mujer, haciendo un gesto hacia la pequeña.

Hope asintió.

—Gracias por recibirme.

—¿Podría usted identificarse?

—Claro —dijo Hope, metiendo la mano en su bolso y haciendo como que buscaba algo. Entonces levantó la cabeza, buscando inspiración divina—. ¡Oh, Dios! —exclamó al ver la humedad en el techo.

Debajo de la enorme mancha, no había

nada. Todos los muebles estaban apiñados alrededor.

—Y ahora que ha dejado de gotear agua, está mucho mejor —dijo la señora Hotchkiss.

—Estoy segura de ello —dijo Hope—. ¡Qué horror! ¿Hasta cuándo tendrán ustedes que soportar esto?

Hope entró en la casa y siguió soltando exclamaciones mientras miraba la mancha de humedad.

—¿Conoce usted a algún vecino?

—Sí, a algunos. Especialmente a los que tienen hijos pequeños. A veces, voy a pasear a la niña con alguna otra madre.

—¿Podría usted presentarme a alguna de ellas?

—Claro —contestó la señora Hotchkiss, acercándose al teléfono.

Cuando Hope salió del edificio, estaba conmovida por el estado de las viviendas. El moho, los suelos levantados, las alfombras echadas a perder...

En la esquina de uno de los apartamentos, estaban creciendo champiñones. Cuando las mujeres le preguntaron a Hope qué debían hacer, lo primero que le vino a la mente fue aconsejarles que no se los comieran.

Luego, después de prometerles que las ayudaría, se marchó de allí. Pero era una promesa vacía. ¿Qué podía hacer ella? Porque estaba segura de que no eran las cañerías. No podían serlo.

Salió por la puerta principal y se ciñó el viejo abrigo al notar el viento helado del invierno. De repente, se quedó inmóvil al ver uno de los nombres de los buzones: Hchiridski.

No podía haber muchas personas con ese apellido. O por lo menos, no allí. ¿Sería familia de Slidell? ¿La madre quizá? ¿Tendría la gente como Slidell madre?

En cualquier caso, el que un familiar de Slidell viviera en Magnolia Heights aclaraba ciertas cosas. Hope sintió que comenzaba a dolerle la cabeza y, de repente, vio algo que la dejó helada. Sam salía de un taxi y con él iba Cap Waldstrum.

Hope se dio la vuelta rápidamente, se tapó con la bufanda, dejó caer los hombros y se alejó de allí.

Mientras Cap pagaba la tarifa del viaje y pedía al taxista el recibo, Sam observó a la figura que se alejaba en dirección opuesta y pensó que aquella mujer le recordaba a Hope.

Temía el momento en que tuviera que vivir de los recuerdos de ella. Porque cuanto más se metía en el asunto, más seguro estaba de que el problema de Magnolia Heights estaba directamente relacionado con Cañerías

Palmer. Y atacar a Cañerías Palmer era igual que atacar a Hope.

También tendría que asumir que jamás llegaría a formar parte de Brinkley Meyers. Nunca podría ser socio si desarmaba la cuidadosa trama tejida contra Stockwell, descubriendo que su cliente había estado mintiendo.

Ese día iba a reunirse con un ingeniero de Magnolia Heights porque tenía que saber la verdad, aunque luego tomara la decisión de no actuar.

Miró a Cap. Este estaba metiendo cuidadosamente el recibo en su cartera y era imposible que pudiera saber lo que él estaba pensando. Sam había aceptado la oferta de Cap y lo había aceptado en su equipo. Era el mejor modo de poder vigilarlo.

Porque en Cap también había algo raro y Sam quería descubrir qué era.

No lo llamaban «el Tiburón» por nada.

Pero Sam no era una máquina y odiaba lo que estaba haciendo. Y lo que más le dolía era no poder hablar de todo aquello con Hope.

A las cinco y media de aquella misma tarde, Hope estaba en su despacho, hablando por teléfono.

165

—Benton, me alegro mucho de haberte localizado. ¿Tienes un minuto?

—Un minuto, sí, pero no más —contestó el hombre.

No parecía muy entusiasmado y eso le hizo pensar a Hope que iba por el buen camino.

—Enseguida estoy allí —aseguró.

Dejó el papel que tenía en la mano, su plan de acción, en el cajón inferior y buscó el anuncio de la cañería 12867, que pensaba colocar en una revista de ingeniería.

Era su excusa para ir a visitar a Benton. Pero la verdadera razón era que quería descubrir si Benton acudiría esa tarde a la reunión secreta que se mencionaba en el correo electrónico. También quería averiguar si él había descubierto que alguien lo había leído. Así, lo que fuera a ocurrir, sucedería lo antes posible. Hope estaba preparada para asumirlo y seguir con su vida.

—¿Entonces qué piensas de esto? —le preguntó minutos después—. ¿Te parece demasiado agresivo poner en grande la palabra «invencible»?

Benton, con expresión preocupada, parecía tener dificultades para concentrarse.

—No, no. No creo... quiero decir que creo que está bien.

—Es para *American Engineer* —explicó

Hope—. Creo que a los ingenieros no hay que distraerlos con demasiadas palabras. «Cañerías Palmer es invencible» yo creo que está bien.

Hope quería hacer tiempo para ver si descubría en él síntomas de impaciencia. Síntomas que finalmente aparecieron.

—Discute las posibilidades con la agencia mañana —le ordenó—. Siento no poder darte más tiempo, pero tengo una reunión importante a las seis.

—Lo siento. Es que estas cosas me gusta siempre hablarlas contigo. Pero tienes razón, hablaré con la agencia. Y... que te vaya bien en la reunión —añadió ya desde la puerta.

Bajó las escaleras y en el vestíbulo se colgó su bolso, donde había metido la bufanda y el viejo abrigo con los que había ido por la mañana a Magnolia Heights. No iba a tener tiempo de cambiarse del todo, pero podía utilizar de nuevo la misma bufanda y el abrigo para seguir a Benton a la misteriosa reunión. Tenía el tiempo justo de averiguar dónde iba antes de irse a casa a reunirse con Maybelle.

Salió del edificio diez pasos detrás de Benton, que parecía tan concentrado en sus pensamientos, que ni siquiera la vio. Su excitación aumentó cuando él se puso a caminar, en vez de subirse al coche oficial de Palmer.

Hope, mientras lo seguía, se puso la bufanda. En un momento en que Benton tuvo que detenerse ante un semáforo en rojo, ella se metió en la entrada de una zapatería, sacó su viejo abrigo del bolso y se lo puso rápidamente.

Sin detenerse, metió su otro abrigo en el bolso y cerró la cremallera. ¿Lo harían así los verdaderos espías?, se dijo mientras seguía a Benton en dirección sur. Poco después, en la calle 53, este se detuvo frente a una biblioteca y, para su asombro, entró en ella. Hope se quedó un rato mirando el escaparate y finalmente entró también.

Lo encontró en una mesa en la sección de referencias. Estaba solo y eran las seis menos cinco. Un minuto o dos después, un hombre se sentó en una mesa cercana sin decirle nada. Hope reconoció al hombre. Era un ejecutivo de Stockwell.

Hope, que había desarrollado un repentino interés por el arte y la arquitectura, se escondió entre las estanterías con el corazón latiéndole a toda velocidad. Se interesó por la arquitectura rusa y la gótica. Cuando se disponía a empezar con Frank Lloyd Wright, la escena llegó a su punto cumbre.

Cap Waldstrum acababa de salir del ascensor y miró hacia la sala.

Hope se escondió detrás de un libro dedicado al edificio de Johnson y Johnson, una de las obras más importantes de Wright. Cuando se atrevió a mirar de nuevo, Cap había elegido un libro y se había sentado justo enfrente del trabajador de Stockwell.

Afortunadamente, Frank Lloyd había construido un montón de edificios famosos, algunos descritos en libros menos pesados que el de Johnson y Johnson. Hope eligió uno de ellos y cuando miró por encima del borde, Cap estaba recibiendo un libro, del que extrajo un sobre que metió en su maletín.

Hope contuvo la respiración, consciente de lo que iba a suceder a continuación. El hombre dejó el libro en la estantería, agarró otro y se sentó enfrente de Benton.

Hope se asustó, cosa que era extraña. No podía recordar cuándo era la última vez que había sentido miedo.

¿Quizá el día del funeral de sus padres, mientras escuchaba cómo su abuela y sus tías planeaban distribuirlas a ella y sus hermanas? Sabía que su madre habría querido que escaparan… que corrieran a los brazos de su amiga Maggie Summer, que querría quedarse con las tres. Y sabía que era tarea suya llegar hasta ella.

Volvió al presente justo a tiempo de ver cómo Benton le daba otro sobre a Cap.

Hope, creyendo que no iba a poder soportarlo más, dejó el libro en la estantería, salió del edificio y se dirigió al metro.

Maybelle llegó puntual.

—El otro día, cuando entré con la fuente y vi el árbol todo decorado, no me lo podía creer. Menuda sorpresa.

—No lo hice yo sola —afirmó Hope—. Tómate una taza de café.

Hope se dio cuenta entonces de que ya se había servido también ella una taza, a pesar de que no era descafeinado. Además, se la pensaba beber hasta la última gota. Incluso tal vez se tomara una segunda taza, pensó. Aunque seguramente no iba a dormir nada, tampoco lo haría sin el café, de lo preocupada que estaba.

—¡Qué café más bueno! —exclamó Maybelle—. ¿Qué te pasa, cielo?

La pregunta fue tan brusca, que Hope se sintió como si le hubieran lanzado una pelota y no tuviera más remedio que devolverla.

—¿Por qué Hadley y tú no os llevabais bien?

No era lo que había pensado decir. Hope habría querido preguntar a Maybelle cosas profundas sobre ética y moral. Preguntarle cuándo había que hablar y cuándo permanecer en silencio. Y habrían sido unas preguntas inteligentes porque era evidente que Maybelle tenía intención de hablar.

Y ella, en vez de eso, en lo único que podía pensar era en Sam y en las probabilidades de que su relación fuera duradera. Porque si lo suyo no tenía futuro, no importaba lo que ella hiciera en el caso Magnolia Heights. Sin embargo, si tenían un futuro juntos, ella podría verse metida en un problema a corto plazo.

Porque, por lo que había visto en la biblioteca, parecía como si Cap estuviera chantajeando a Benton y al hombre de Stockwell. Y solo podía haber un motivo para ello, que existiera un problema en la cañería 12867. Seguramente, Benton y Stockwell ya lo sabían de antes, pero Cap lo había descubierto y tenían que pagarle para que guardara silencio. Y si Sam defendía a Palmer sin conocer los hechos, sería su ruina.

—Intuyo que te has quedado en las nubes —dijo de repente Maybelle.

—Lo siento. Te había preguntado por tu relación con Hadley.

—Oh, cariño, Hadley y yo somos de otra generación. Cuando nos conocimos, yo solía participar en rodeos...

—¿De verdad? —Hope respiró, olvidándose por fin de sus problemas—. ¿Quieres decir que montabas potros, toros y todo eso... ?

—No, yo era una de las chicas que estaba allí sobre un caballo, como parte del decorado.

—Ah.

—Así que nos conocimos y nos enamoramos... nos atraíamos el uno al otro, como decís los jóvenes, y nos casamos. Pero él no quería que su mujer fuera una chica de rodeo.

—Quería...

—Una señorita que le gustara a su mamá —contestó Maybelle, que pareció arrepentida por primera vez—. Una esposa, una madre y una buena enlatadora.

—¿Qué?

—Sí, una persona que sabe enlatar su propia comida.

—¡Oh, Dios mío!

Hope ni siquiera sabía cocinar. No sabía hacer sopa, ni hacer las recetas que salían en la televisión. Nunca podría vivir si no tuviera Zabars tan cerca, un microondas en casa y el número de teléfono de un servicio de catering excelente.

—Sin embargo, yo no era una buena ama de casa, ni tampoco una buena cocinera —confesó Maybelle. Su voz se suavizó—. Ni tampoco quería ser madre. Pero me imagino que lo que me pasaba era que no podía, y eso fue antes de que se hablara tanto de la fertilidad y todas esas cosas.

—Lo siento.

—Así que las cosas fueron mal desde el principio y nunca estuvimos unidos.

—Y entonces un toro atacó a Hadley y murió, ¿no?

—No exactamente, cielo. El toro iba por mí y Hadley se puso en medio. Nunca supo qué lo golpeó —se quedó unos segundos pensativa—. Ahora ya debe saberlo.

—Así que te amaba, a pesar de todo.

—Si hubiéramos hablado y hubiéramos sido sinceros el uno con el otro, todo hubiera salido bien. El *feng shui* hubiera hecho posible que habláramos más. ¿Y a ti qué tal te va con tu amigo?

Hope se vio sorprendida por la pregunta y contestó sin pensar.

—Tengo que decidir si voy a ser sincera con él. Porque nuestro trabajo puede interferir en nuestra relación.

—Lo has expresado muy bien —aseguró Maybelle, que para disgusto de Hope, se levantó—. Gracias otra vez, cariño, por el café y la conversación. Y me encanta tu árbol de Navidad. ¿De qué está hecha la estrella? ¡Es fantástica!

—Maybelle.

La mujer se detuvo y se dio la vuelta.

—¿A quién debo ser leal? ¿A Palmer? ¿A Sam? ¿O a la gente de Magnolia Heights?

Maybelle pareció confundida.

—A ti misma, por supuesto. No hace falta pensar mucho.

Y luego se marchó.

Leal a sí misma. ¿Qué demonios significaría eso?

Ahora sí que sabía que no iba a pegar ojo.

Capítulo once

—¿**P**OR qué estás tan nerviosa? —preguntó Sam.

—Por nada.

Pero su voz sonó demasiado aguda y reaccionó a la pregunta como si efectivamente lo estuviera. Además, durante todo el trayecto hacia Upper Montclair había ido callada.

—No te preocupes por Cap, no te molestará. Le gustan las mujeres guapas, pero ha invertido demasiado con Muffy.

—Es una manera interesante de decirlo. Invertir.

—Lo entenderás cuando veas la casa y conozcas a Muffy, que es diseñadora de ropa. Sus dos hijos llevarán trajes de cien dólares para salir a saludarnos, antes de que la niñera los lleve a la cama. Pero todo eso lo verás si puedes encontrar una razón para salir del garaje... —le colocó una mano sobre la pierna, justo encima de la rodilla, sugiriendo que él si podía encontrar una razón para no salir de él—. Tienen un BMW, un Porsche y un Jeep para dar paseos por los alrededores.

—Parece una vida muy lujosa. ¿Cómo pueden permitírsela? —lo dijo en voz baja para que no se notara demasiado su nerviosismo.

—La empresa nos paga bien —contestó Sam, que se había hecho esa misma pregunta muchas veces—. Además la familia de Muffy tiene dinero y la de Cap también. Dudo de que ahorren mucho, pero tampoco creo que esté pagando créditos de la universidad.

Sam intuyó que a Hope le gustaría saber si él se estaba pagando alguno, pero era demasiado educada para preguntarlo. Decidió que no tenía por qué ocultarle una cosa así.

—Yo me sentí estupendamente cuando terminé de pagar el mío.

—¿Pediste uno para pagarte la universidad? Hace falta mucho coraje.

—O estar desesperado —replicó, apretándola contra sí—. Cuando mi padre perdió la granja, se tuvo que poner a trabajar como mecánico. Mamá era muy buena administradora, pero siempre andábamos mal de dinero.

—Eso es muy duro. Ahora entiendo por qué tienes tantas ganas de triunfar.

—¿Y tú? ¿Por qué lo haces?

—No lo sé muy bien. Me imagino que algunas personas somos así y ya está. Aunque recuerdo una época horrible, antes de que fuéramos adoptadas, en la que me tuve que encargar de mis hermanas. Charity era demasiado joven para ello y Faith demasiado desordenada. Yo tuve que hacerme cargo de todo y siempre he pensado que me tuvo que afectar de alguna manera.

Sam la apretó un poco más. Habría deseado preguntarle por aquella época horrible, pero en ese momento llegaron a su destino.

Hope se sentía aterrorizada ante la idea de ver a Cap Waldstrum. Imaginaba que el hombre iba a leerle el pensamiento solo con mirarla a los ojos. Por supuesto que ella no pensaba decir nada. En su casa no. Ni en ese momento.

Tal vez no lo dijera nunca. Podría guardar el secreto y seguir con su vida. Además, no tenía pruebas y solo eran sospechas. Aquellos sobres que Cap recibió en la biblioteca podían contener... ¿pero qué podían contener si no dinero? Uno no tiene reuniones secretas en una biblioteca para vender boletos de ayuda a obras de caridad. No, estaba muy claro. Cap estaba chantajeando a Palmer y a Stockwell.

La noche de insomnio que había previsto y el día siguiente no le habían ofrecido ninguna respuesta. Seguía sin saber qué hacer.

Por otro lado, Sam había metido a Cap en el equipo de litigio. ¿Y si Sam también estaba guardando un secreto para conseguir meterse en la sociedad?

Aunque la verdad era que no se estaba comportando como un hombre que tuviera un secreto imperdonable.

—Muffy, tan guapa como siempre —dijo, dando a la mujer un beso en la mejilla—. Hola, chicos, ¿qué os va a traer Santa Claus este año? Cap, ¿recuerdas a Hope?

—Ya te dije que no podría...

Cap se quedó mirándola unos segundos. El corazón de Hope comenzó a latir a toda velocidad. Era imposible que la hubiera visto la noche anterior en la biblioteca, se dijo.

—... olvidarla —terminó, sin dejar de mirarla fijamente.

—Hola de nuevo, Cap —contestó ella, sonriendo alegremente—. Muffy, me alegro mucho de conocerte. Y tus hijos... son adorables.

Muffy era una mujer pequeña, rubia y elegante. A Hope le gustó nada más verla y eso la hizo sentirse todavía peor respecto a lo que había descubierto de Cap.

—Oh, estaba impaciente por conocerte desde que Cap me habló de ti —respondió ella con entusiasmo—. La verdad es que al principio me disgusté un poco porque quería a Sam para mi hermana Cheryl —señaló a una mujer que estaba entre el grupo de invitados y que a pesar de ir elegantemente vestida, no brillaba como Muffy—. Pero ahora que te conozco... tendré que hacerme a la idea.

—Tu hermana es muy guapa —comenzó a decir Hope, pero Muffy continuó con su parloteo.

—¿No es increíble que tú trabajes en Palmer, Sam en Brinkley y Cap haya estado trabajando para conseguir el acuerdo? —su boca roja formó una mueca—. Está trabajando mucho. Hace semanas que no le vemos. Y todavía no han terminado.

—No te preocupes —aconsejó Sam—. Ganaremos el caso en los tribunales. Hope, quiero que conozcas a...

Sam la llevó hacia el grupo de invitados. Era una gran fiesta y la comida la llevaba una empresa de catering muy conocida de Manhattan. El árbol de Navidad de la sala era enorme y estaba colocado en el vestíbulo de la impresionante casa. Parecía haber sido diseñado por un profesional.

Hope pensó que en cada detalle se notaba la buena situación económica de la que gozaban. Todo era de un gusto exquisito y todo, incluyendo la fiesta, había costado una fortuna. Era evidente que Cap, a sus treinta y poco años, gozaba de una lujosa vida.

Hope se dio cuenta de que no sabía cómo

vivía Sam. Aunque estaba segura de que así no. Ella tampoco. Pero Cap tenía que mantener una esposa y dos hijos con un salario similar. ¿De dónde salía aquello entonces? ¿Dinero de la familia? ¿De alguna herencia? Podía ser también que estuviera endeudado hasta las cejas.

Hope continuó pensando en Cap mientras saludaba sonriente a los amigos de Sam, como haría cualquier novia modelo.

—Ha sido una fiesta preciosa —dijo a Sam cuando volvieron a la limusina alquilada.

—Muffy se ha ocupado de todo —respondió Sam, pasándole el brazo por los hombros.

Ella no podía evitar apoyarse en él y acariciarle el pecho. Notaba su corazón palpitante y su respiración apresurada. Sam le rozó la frente con los labios y ella cerró los ojos.

Imaginó que eran una pareja que salía de una fiesta. Cuando llegaran a casa, ella prepararía el café para la mañana siguiente mientras él iba a ver a los niños, que la niñera había dormido horas antes.

Luego se meterían en la cama con sus ordenadores portátiles y sus agendas y varias horas después, cuando terminaran de atar los cabos de todo el día, si no estaban muy cansados harían el amor. Y sería maravilloso.

La niñera levantaría por la mañana a los niños. Los vestiría y les daría el desayuno porque mamá y papá, que habían ido el día anterior a una fiesta después del trabajo, tenían que ir otra vez a trabajar...

—¿Cuándo vimos a los niños la última vez?

—¿Qué? —preguntó Sam.

—Nada —musitó Hope, avergonzada—. Algo que me olvidé de hacer hoy en el despacho.

—Debe de ser importante.

La boca de Sam se deslizó por su pómulo hacia abajo.

Lo que Hope había olvidado era los nombres de los hijos que no tenían.

La boca de él encontró la suya en la oscuridad y la atrapó con pasión, brevemente porque no estaban solos. Pero fue suficiente para que un enorme calor invadiera a Hope. Esta notó la lengua de Sam como un dardo que llegó hasta su corazón con increíble velocidad. Su mano agarró con fuerza la chaqueta de Sam.

Este se apartó y Hope notó el calor de su cara. Imaginó su rubor y que estaría totalmente excitado y deseándola tanto como ella a él.

Sam apoyó la espalda en el asiento y colocó un brazo sobre el respaldo. La otra mano la puso sobre la rodilla de Hope, que tragó saliva y susurró su nombre en voz baja. Su voz adquirió un tono de aviso cuando notó que la mano le subía por el muslo. Cuando llegó a su meta, Hope dio un grito entrecortado y abrió mucho los ojos.

Sam la miró con la más inocente de las sonrisas.

—¿Qué estás haciendo?

—Es un trayecto largo —contestó Sam, acercando los labios al oído de Hope—. Estoy tratando de entretenerte.

—¿No puedes simplemente cantar? —respondió ella, dando un gemido y enterrando el rostro en su hombro—. ¿Qué pensará el conductor?

—Nada si tú dejas de moverte.

La diversión que había en la voz de Sam zumbó en su pelo mientras sus manos la tocaban a través de las medias y llegaban luego a sus braguitas de seda, sin dejar de acariciarla, de provocarla, de atormentarla...

Hope clavó los dientes en el abrigo de Sam, para amortiguar un gemido.

La mano de Sam fue de repente a su cintura y agarró la cinturilla de las braguitas.

—Si te recuestas un poco y te subes, te alisaré el abrigo por debajo —dijo Sam con voz alta y clara.

—Gracias, cariño —contestó Hope con voz entrecortada—. Eres muy amable...

Las medias y las braguitas las tenía en ese momento en las rodillas, pero todavía había sitio para la mano grande de Sam, para sus dedos suaves. Y cuando metió el dedo corazón dentro de Hope, ella se estremeció de placer.

—¿Todavía no estás cómoda, cariño?

—No mucho.

Hope estaba muriéndose de placer y notaba cómo se abandonaba por momentos. No le importaba lo que ocurriera siempre que los dedos de él continuaran tocándola, acariciándola. Que el roce de los dedos de Sam siguiera siendo así de ligero sobre su botón rosado, tan hinchado y sensibilizado que parecía haberse hecho el amo de su cuerpo.

—Espera, vamos a intentar así —dijo Sam.

Y le pasó las manos por debajo de las nalgas desnudas mientras los espasmos comenzaron a mover su cuerpo de manera incontrolada. Hope enterró la cara de nuevo en su abrigo.

Sam continuó acariciándola durante unos minutos más hasta que llegó al clímax.

—Ya está. ¿Mejor? —preguntó Sam.

—Mucho mejor.

—Bien.

—Las medias me están cortando la circulación por debajo de las rodillas —explicó, unos minutos después, preguntándose por qué la risa de Sam le resultaba más excitante que cualquier poema.

Se había casi vestido cuando finalmente llegaron a su apartamento.

—¿Quieres tomarte un café en casa? —preguntó, sugiriéndole con los ojos otras cosas que no tenían nada que ver con el café—. ¿Y luego pides un taxi para ir a casa? —añadió, pensando en el conductor.

—Buena idea.

Sam se portó bien hasta llegar al apartamento. Pero al llegar, arrinconó a Hope contra la puerta y la abrazó con ardor.

—La llave —susurró ella—. La llave...

Y entraron rápidamente. Se oyó el rumor del agua de la fuente, los sonidos del móvil. El árbol de Navidad brilló y lo mismo hizo el contestador automático. Pero a Hope solo le importaba Sam. Sus manos sobre su cuerpo, su boca en sus senos.

La fue desnudando, dejando en el suelo un camino de seda y encaje. Un camino que llegó hasta la habitación.

Se tumbaron abrazados sobre las sábanas de color claro, dando, recibiendo y amándose el uno al otro hasta que sus cuerpos se convirtieron en uno solo y comenzó la rueda lenta que los hizo olvidarse de sí mismos y volar juntos. Finalmente, volvieron a la realidad, que los recibió con brazos húmedos y cálidos.

Al despertarse, Hope estiró un brazo para agarrar a Sam, pero este no estaba. Oyó ruidos y se levantó a investigar.

Cruzó el salón y fue hacia el armario, que estaba encendido. Sam había recogido la ropa del suelo y la había doblado. La suya también estaba, o sea, que no podía haberse ido muy lejos. De hecho, lo más probable era que estuviera en el armario. ¿Pero por qué estaba allí?

Se asomó a la entrada y vio que estaba sentado en el suelo con las piernas cruzadas. Se había pues to la camisa y los calzones.

—No podías esperar a Santa Claus, ¿verdad?

—Es la cañería 12867, ¿verdad? —preguntó, alzando un trozo de material blanco.

—Es mi bebé.

—¿Es lo que usáis para unir las piezas?

—Sí. Piezas rectas o en ángulo. Date cuenta de que la unión es un poco más gruesa que la cañería en sí. El doble… —hizo una pausa—. ¿Crees que la noche es la mejor hora para hacer un estudio de cañerías?

—Creía que para ti cualquier hora era buena —contestó, esbozando una sonrisa provocadora.

—Calla. ¿Por qué tanta curiosidad?

—Porque alguien tiene que descubrir qué es lo que está mal. Aquí tenemos esta famosa cañería y pierde agua.

—No pierde. Bueno, quiero decir que sí, pero no puede ser —de repente recordó su visita a Magnolia Heights—. El constructor no lo hizo bien —insistió.

—¿Cómo se hacen las cañerías?

—¡Oh, por el amor de Dios!

—Más o menos lo sé después de haber leído el informe. Pero pensé que quizá tu sabrías algo que no esté escrito.

Hope se protegió los pies desnudos con el albornoz.

—Primero hay que tener una especie de bolitas de cloruro de polivinilo, luego se ponen en un recipiente, donde se deshacen para formar una masa. La masa se pone en moldes, como si fueran gelatina, y al enfriarse la masa, se convierte en una cañería… y ya está.

—¿Entonces qué hay de especial en esta cañería, en la 12867?

—Las bolitas están compuestas de algunas sustancias secretas. Los moldes también son especiales.

—Entonces podría haber un fallo en alguno de los componentes, o en las bolitas. O que se hubiera empleado una temperatura equivocada para deshacerlas. ¿No tengo razón?

—Todavía no me has tomado juramento.

—Ya te he dicho que estamos en el mismo lado. ¿Sabes algo que no me hayas dicho?

—¿Respecto a la cañería? —respondió ella—. Por supuesto que no.

—Respecto a cualquier cosa.

Hope se quedó pensativa. Si le contaba lo de Benton, sabía que perdería toda opción de convertirse en vicepresidenta. Pero si se lo ocultaba, Sam terminaría enterándose de que le había mentido.

De pronto, la asaltó el pensamiento de que lo más importante para ella era no perder a Sam. Lo que le supuso un fuerte impacto. Sí, lo cierto era que estaba enamorada de él, a pesar de que no sabía cómo había ocurrido.

—Bueno, en realidad creo que hay algo que deberías saber.

Sam se quedó muy sorprendido después de escuchar la confesión de Hope. Aquello dejaba a Cap en una situación muy difícil.

—Yo misma hice algo indebido al leer el

correo de Benton —le dijo—. Y supongo que me he metido en un buen lío. Ni siquiera tengo pruebas de lo que te he contado. Aunque eso sí, supongo que si Cap está recibiendo dinero, tendrá que haberlo depositado en algún sitio.

—Eso sería el fin de mi empresa —dijo Sam con la boca seca—. ¿Te parece si seguimos hablando en el salón?

Ella asintió y luego lo condujo hasta el sofá. Pero él no se sentó a su lado, sino en una de las butacas.

Sam no podía dejar de pensar en que sus planes de futuro podían verse frustrados. Si comenzaba a investigar y descubría que Cap era culpable, el prestigio de su empresa se vería afectado. Y él sería el responsable, no Cap.

Mientras permanecía pensativo, Hope estaba allí esperando a que dijera que estaba dispuesto a sacrificar su futuro con tal de esclarecer la verdad.

Hope se quedó en silencio, esperando a que Sam dijera algo, o a tener la oportunidad de decirle que lo amaba y que, juntos, podrían hacer frente a aquella situación.

Sabía que él estaba valorando las distintas posibilidades y estaba segura de que acabaría tomando la decisión correcta.

Pero en un momento dado, fue incapaz de soportar aquel silencio y fue a la cocina a preparar café. Desde allí, vio que la luz del contestador estaba parpadeando y fue a ponerlo en marcha.

—¡Hola, cariño!

Pero no estaba de humor para escuchar en esos momentos a Maybelle. Así que pasó al siguiente mensaje.

—No creía que fueras el tipo de persona que va a las bibliotecas.

Se sobresaltó al reconocer la voz de Cap. También oyó que Sam soltaba un juramento desde el salón.

—No me habría fijado en ti de no haber llevado el mismo abrigo y bufanda que la mujer que vi en Magnolia Heights —continuó diciendo Cap—. Resulta que mi mujer tiene la misma bufanda.

Hope cerró los ojos.

—Pero esto es algo que podemos solucionar entre nosotros. No querrás meter en un lío a tu jefe, ¿verdad? E imagino que tampoco querrás causarle problemas a Sam, ¿no?

Cap soltó una carcajada.

—Que por cierto, probablemente estará en estos momentos contigo. Pero no importa, todos podemos beneficiarnos de esto. ¿Qué os parece si nos vemos mañana al mediodía en la biblioteca? Allí os espero.

—Creías que ibas a acabar con él y va a ser él quien acabe contigo —dijo Sam a sus espaldas.

—No lo permitiré —aseguró Hope, volviéndose hacia él—. Además, nada puede acabar contigo, salvo el no ser fiel a tus creencias.

—Sí, pero si acusas a tu jefe de estar pagando un chantaje, no llegarás a vicepresidenta —dijo Sam, enfadado—. Y si yo acuso a mi empresa de haber encubierto una prueba, no llegaré nunca a ser socio.

—Pero hay otras empresas —replicó ella, también enfadada—. Y además, no te estoy diciendo que demos una conferencia de prensa, sino que averigüemos la verdad. Luego hablaremos con nuestros respectivos jefes y veremos qué pasa.

—No debemos precipitarnos. Será mejor que vayamos a hablar con Cap para saber a qué atenernos.

—Ni hablar. Creo que estás pensando solo en ti mismo.

—Tú no sabes lo que significa para mí el entrar como socio de mi empresa —dijo él, dolido—. No puedes saberlo.

—Ni lo sabré. Ya no me interesa.

—Si es lo que quieres…

—Así es —dijo ella, mordiéndose el labio

para contener las lágrimas—. Pero no te preocupes, no haré nada que amenace tu futuro.

Él fue entonces a recoger sus cosas y se marchó en silencio.

Hope pensó que no volvería a verlo y no estaba segura de si podría soportarlo.

Capítulo doce

HOPE revisó los archivos de Magnolia Heights. Según el informe final, los beneficios no habían sido muy altos para Palmer, pero debería haberlo compensado el haber hecho una buena labor social.

Aunque ella no había visto el informe de la empresa de fontanería Stockwell, suponía que ellos habían tomado la misma decisión.

Luego decidió ponerse guapa para ir a trabajar. Así que escogió un traje de color escarlata y, después de vestirse, salió de su apartamento.

Ya en Palmer, fue a ver a Slidell, que se había teñido el pelo de amarillo y se había dejado una especie de cresta.

—En el ordenador que me habéis prestado, puedo acceder al correo de Benton.

—Creía que nunca te ibas a dar cuenta.

—Pero, ¿por qué? ¿Por qué yo?

—Porque pensé que quizá abrieras algún mensaje y te dieras cuenta de que algo estaba pasando —contestó él—. La gente cree que solo nos fijamos en los bytes y en la memoria RAM, pero en realidad conocemos los secretos de todo el mundo. Aunque mantengamos la boca cerrada.

—Hasta ahora.

—Seguimos manteniéndola cerrada.

—Quieres que hable con Benton.

—Sé que tomarás la decisión acertada.

Hope se sintió emocionada.

—No sé por qué confías tanto en mí, pero me siento honrada —dijo ella—. Vives en Magnolia Heights, ¿verdad?

—No, es mi madre quien vive allí. Y sé que estuviste viendo las casas.

Ella asintió.

—Y viste en qué estado se encuentran, ¿verdad?

Hope volvió a asentir.

—Así que había algún fallo en las cañerías, ¿no?

—Pregúntaselo al señor Quayle —contestó Slidell.

Minutos después, asomó la cabeza en el despacho de su jefe.

—Benton, ¿puedo hablar contigo un momento?

—Claro —dijo él claramente disgustado—. Vas muy festiva, ¿no?

—Pero no me siento nada festiva. Aunque supongo que tú tampoco lo estás, ¿verdad?

—Bueno, todas las empresas pasan por dificultades —contestó él—. Pero lo superaremos.

—Benton, creo que había algún fallo en la cañería 12867. También creo que tú lo sabes y que también está al corriente al menos una persona de Stockwell. Y si no me equivoco, Cap Waldstrum se enteró y os está haciendo chantaje.

Hope vio cómo el rostro de Benton se ponía tenso. Sus ojos reflejaban miedo y confusión. Parecía un animal atrapado.

—Así que eras tú quien tenía acceso a mi correo. ¡Tú! La última persona de la que habría sospechado.

—Fue un accidente, pero cuando supe lo que estaba sucediendo, no pude dejarlo pasar —lo miró fijamente—. Tú no quieres que continúe, ¿verdad?

En ese momento, Benton se derrumbó.

—Fueron las juntas —confesó—. Por algún motivo, hubo un fallo en las juntas. Después de fabricar la primera serie y probarlas, nos dimos cuenta del fallo, pero ya era tarde.

—Porque, dado el bajo presupuesto, no podíamos permitirnos tirarlas y volver a empezar, claro.

—El bajo presupuesto y el compromiso que teníamos con Stockwell para mandárselas en una fecha determinada.

—A los de Stockwell les dijiste la verdad, ¿no es cierto?

—Sí, hablé con una persona y le conté lo de las juntas. Entre los dos decidimos que no podía ser tan grave. Pensamos, además, que como las defectuosas habían sido repartidas al azar dentro de la instalación, nunca se descubriría que era responsabilidad nuestra.

—Pero Cap lo descubrió.

El rostro de Benton se ensombreció.

—Sí, y decidió utilizarlo para chantajearnos.

—Pero si no parecía que necesitara el dinero... —murmuró Hope, recordando el estilo de vida que llevaba Cap.

—Al parecer estaba arruinado. Estaba completamente endeudado y no se atrevía a contárselo a Muffy.

—¿Cuánto te ha pedido?

La suma la dejó impresionada.

—Pero no puedes dejar que te haga algo así.

—Yo soy el responsable ante los accionistas —aseguró Benton—. Tú, sin embargo, tienes la oportunidad de salvarte. Si no dices nada, conseguirás la vicepresidencia, Hope.

—¿Y qué pasará con los inquilinos de Magnolia Heights?

—¿Qué crees, que a mí no me afecta? Pero no puedo traicionar a Palmer.

Ella no quería juzgar a Benton. Él había hecho lo que creía mejor. ¿Por qué no había sido entonces tan generosa con Sam? Bueno, porque aquello era distinto. Al fin y al cabo, no estaba pensando en pasar el resto de su vida junto a Benton.

—Entonces presentaré mi dimisión —dijo ella—. Te la haré llegar al mediodía.

Él asintió.

Después de salir del despacho de Benton, se acordó de que le quedaba por hacer una cosa. Llamar a su amiga Sandi para decirle que finalmente no podría ir a la reunión de aquella noche.

Sam se sentía muy mal después de lo que había pasado la noche anterior con Hope. No sabía si ella podría perdonarlo algún día. Y eso que finalmente había hecho lo que debía, a pesar de que aquello implicaría empezar de nuevo.

Había ido a ver a Cap, pero no para hacer el trato que le había dicho a Hope que haría. No le había costado mucho trabajo sacarle la verdad. Seguidamente, lo había obligado a prometerle que cambiaría de trabajo, a cambio de no contar nada en Brinkley Meyers. Cap tendría que contarle la verdad a Muffy, ya que el cambio supondría bajar el nivel de vida que llevaban. Incluso, tal vez, tener que vender la casa de ambos.

Sam miró el reloj. La reunión de socios era a las seis, así que tenía que darse prisa si quería hablar antes con Phil.

—Es una noticia terrible —dijo este—. Terrible. Pero yo debo proteger la reputación de la empresa a toda costa.

—Lo sé —contestó Sam—. Y por eso te ahorraré algunos detalles que os obligarían a tomar decisiones más embarazosas. La empresa en sí no es la culpable.

Sam pensó que no hacía falta contarle a Phil lo de Cap. Le recordó durante unos segundos y pensó en Muffy. Por un momento, casi tuvo celos. Su camino, en solitario, le iba a resultar mucho más difícil.

—...hay que hacerlo de modo que la imagen de la empresa quede lo más limpia posible —repetía Phil preocupado.

—Sí, esa será tu tarea. La mía es otra muy diferente.

—Pero Sam, piensa en tu posición en la empresa, en tu futuro...

—Mi futuro no creo que le importe mucho a los inquilinos de Magnolia Heights.

—En eso tienes razón —Phil dio un suspiro y miró a Sam fijamente a los ojos—. Charlene se va a poner muy triste. Pero haz lo que creas que debes hacer. Yo te apoyaré hasta donde pueda.

—Gracias, Phil. En primer lugar, voy a dimitir. Lo que tenga que hacer, debo hacerlo por mi cuenta.

—Temía que ibas a decir eso. Pues ya eres el segundo que dimite hoy. Cap también va a dejarnos. Me dijo que había sentido una especie de llamada y que quería hacer el bien al prójimo. ¿Qué os pasa? Debe de ser el espíritu navideño —bromeó.

—Nunca se conoce del todo a las personas, ¿no crees? —contestó Sam, levantándose para marcharse.

—A algunas no.

Algo en la voz de Phil le hizo darse la vuelta para mirarlo por última vez. Phil sonreía. No era una sonrisa triste, sino de admiración.

Eran casi las seis cuando volvió a su despacho y llamó a Hope.

No la encontró en el despacho y en su casa había dejado un mensaje, diciendo que estaría fuera hasta el domingo después de Navidad. Podía llamar a todas las personas de Chicago que se apellidaran Summer hasta encontrarla. También podía irse a casa, alquilar un coche hasta el aeropuerto y aparecer también él en Chicago.

Pero en lugar de ello se quedó sentado en su despacho, demasiado triste para decidir nada.

Maggie y Hank Summer se alegraron mucho de que Hope llegara el viernes en lugar del sábado, tal como les había dicho. Hope se acostó pronto aquel día y al día siguiente se levantó tarde. Una vez en pie, ayudó a su madre a preparar una hornada de galletas mientras recordaban el pasado y charlaban sobre el presente.

—Siempre fuiste la mayor de las tres —dijo en un momento dado Maggie—. Y todavía lo eres. Incluso creo que Faith y Charity están esperando que tú seas la primera en casarte, ya me entiendes.

Los ojos de Hope se abrieron mucho.

—Entonces te vas a quedar sin nietos, porque yo nunca... nunca...

—¿Qué pasa, tesoro? —le preguntó Maggie, poniéndole una mano sobre el hombro y mirándola con cariño.

Hope se sentó en la silla que tenía al lado y se echó a llorar, sin fuerzas para hablar de ello.

El avión de Faith llegaba aquella tarde. Charity, que vivía en una casita de campo al norte de Chicago, fue a recogerla al aeropuerto. Así que llegaron juntas en medio de un torbellino de risas, abrazos, besos y regalos envueltos con brillantes colores. Lo primero que hicieron después de darle un beso a su hermana fue preguntarle por Sam.

—No salió bien —aseguró Hope con una sonrisa que había practicado en el espejo—. Aunque fue bonito mientras duró.

Ya por la noche, después de cenar, las tres se sentaron al lado del árbol de Navidad mientras se tomaban un café.

—En cuanto vuelva, me compraré un gato —comentó Hope después de dar un sorbo a su taza.

—¿De qué tipo? —preguntó Charity con delicadeza.

Eran muy bromistas, pero no cuando veían que su hermana estaba triste.

—Todavía no lo he decidido, así que si queréis hacerme alguna sugerencia, será bienvenida —dijo Hope—. Me compré un libro pero lo que probablemente haré será ir a una casa de acogida de animales y llevarme el gato que me guste más.

—Eso será lo mejor —afirmó Faith—. Confía en tu intuición.

Estaban en la cocina y no se habían molestado en quitar la televisión. En ese momento, estaban dando las noticias, y Hope oyó de repente que decían algo de Magnolia Heights. Se levantó rápidamente y se acercó al aparato.

En la pantalla, se veía una escena caótica. Había policías, bomberos y periodistas intentando hacerse sitio en el césped de entrada del edificio. Césped que ya no era tal, sino una especie de gran charco.

—... un desastre a mayor escala —decía el reportero—. Magnolia Heights está envuelta en una batalla legal que dura ya varios meses por las goteras de las cañerías, que han arruinado el proyecto desde el comienzo. Lo que ha pasado esta noche probablemente conducirá a que se llegue a un acuerdo entre las partes implicadas. Partes que hasta ahora se han negado a cooperar. La rotura mayor ha ocurrido en el edificio B, que ha inundado...

Hope enseguida se acordó de la señora Hotchkiss y de su bebé. También pensó en la madre de Slidell, la señora Hchiridski...

De pronto, se dio cuenta de que su familia se había reunido detrás de ella.

—¿No es este el proyecto... ? —preguntó Charity.

—Sí. ¡Es Sam! —gritó sorprendida.

El rostro del hombre que llenaba la pantalla estaba serio. También tenía ojeras e iba sin afeitar.

—Señor Sharkey, ¿puedo hacerle unas preguntas? —le dijo un reportero.

—¿Es ese Sam Sharkey? —quiso saber Faith—. ¡Pero si es guap... !

—¡Calla! —gritó Charity.

—Señor Sharkey, ¿es verdad que es usted el encargado de defender a Cañerías Palmer en los tribunales?

—No quiero hacer declaraciones.

—¡Señor Sharkey! —el grito procedía de otro de los periodistas—. ¿Es cierto que ha dimitido?

—¿Dimitido? ¡Oh, Sam! —exclamó Hope.

—Ya he dicho que no voy a hacer declaraciones —repitió Sam.

—¿Tiene que ver su dimisión con las pruebas que se han encontrado...?

—¡Tengo que volver enseguida! —exclamó Hope.

—Oh, tesoro, no puedes marcharte —le suplicó su madre—. Estamos en Navidad. Además, ¿qué puedes hacer tú?

—Mamá, ya sabes cómo es Hope con su trabajo —añadió Faith—. No puede evitar sentirse responsable de todo.

—No es por mi trabajo. Lo he dejado. Vuelvo para ayudar a Sam.

Salió corriendo de la cocina para llamar por teléfono.

—¡Oh, Dios mío! —oyó exclamar a su hermana Charity.

Capítulo trece

SAM estaba sentado frente al televisor, adormilado y totalmente agotado, cuando oyó que en la televisión empezaron a hablar de Magnolia Heights.

—... a la temperatura ambiente de hoy, siete grados Fahrenheit, el agua está formando una capa de hielo de aproximadamente tres o cuatro pulgadas alrededor de los tres edificios, creando unas condiciones horribles para...

Sam comenzó a vestirse rápidamente sin dejar de soltar maldiciones.

—... en estos momentos, ya no quedan reservas de agua para el edificio B. Los habitantes de los otros dos edificios han ofrecido...

Para entonces, Sam ya había terminado de vestirse.

—... no habrá mucha alegría navideña en Magnolia Heights este año, mientras los residentes tengan que...

De camino a la puerta, Sam recordó que su avión salía al día siguiente. Pero en esa situación, no podía irse a Nebraska. Así que decidió llamar a sus padres para decírselo.

—Papá, no puedo ir a casa mañana. Tengo problemas en el trabajo.

Su padre comenzó a protestar, pero enseguida se puso su madre.

—Hijo, haz lo que puedas por esa pobre gente de Magnolia Heights. Nos hemos enterado de todo por las noticias. Además, celebraremos la Navidad el veinticinco para los nietos, pero los mayores esperaremos hasta que puedas venir.

—Gracias mamá, pero no es necesario que me esperéis.

—Ya lo sé, pero queremos hacerlo.

Después de colgar, salió de su casa en dirección a Magnolia Heights.

Hope llegó a Nueva York a las cuatro de la mañana, sin haber dormido nada, y fue directamente a la dirección que le habían buscado sus hermanas. Habían localizado a un tal Samuel Sharkey en la Avenida B. Llamó al 4R.

Como no contestó nadie, pensó que seguramente estaría dormido. Así que decidió despertarlo y siguió llamando. No hubo respuesta. Estaba empezando a helarse cuando vio que llegaba un taxi y que Sam bajaba de él.

—¿Qué estás haciendo aquí? —le preguntó nada más verla.

—Tengo que hablar contigo.

—¿Aquí? —preguntó él.

—Sí, claro —gritó ella—. ¿Es que quieres que me hiele o qué?

—Oh, claro, perdona —Sam abrió la puerta.

Hope se fijó, nada más entrar, en lo modesto que era el apartamento. Y mientras Sam preparaba una cafetera, ella no pudo evitar hacer sus consideraciones. Era evidente, se dijo, lo importante que era para Sam convertirse en socio de su empresa. Solo así se explicaba que únicamente se gastara dinero en su imagen pública. Fue entonces cuando comprendió emocionada el verdadero sacrificio de Sam al renunciar a todo en pos de la justicia.

Después de haber puesto la cafetera al fuego, Sam se volvió hacia ella y comenzó a quitarle las botas. Luego, mientras la miraba fijamente a los ojos, comenzó a masajearle los pies.

—Vi lo de Magnolia Heights en la televisión y he venido lo antes posible —le explicó ella.

—Yo vengo ahora mismo de allí. Han desalojado los edificios para tratar de detener el escape. Pero... ¿tú no estabas en Chicago?

—Estaba, pero ahora estoy aquí y quiero contarte la idea que he tenido.

Una vez se la contó, Sam se la quedó mirando fijamente.

—Pero, ¿cómo vamos a conseguir todo eso en solo veinticuatro horas?

—Papá Noel lo hace en tan solo una noche —le recordó ella.

Era Nochebuena y se respiraba un aire festivo en Magnolia Heights. Entre Cañerías Palmer, Stockwell y la empresa constructora de Magnolia Heights, habían montado una pista de patinaje, habían comprado un enorme árbol de Navidad y habían instalado unos enormes altavoces a través de los que sonaban villancicos.

Brinkley Meyers había financiado también una serie de vendedores ambulantes que regalaban perritos calientes, chocolate y dulces.

También habían llegado montañas de regalos de donantes anónimos.

Por otra parte, Palmer y Stockwell habían anunciando que financiarían la reinstalación de las cañerías de Magnolia Heights.

Hope y Maybelle se acercaron donde Benton estaba dando una conferencia de prensa.

—Esta situación ha sido horrible para todas estas maravillosas personas —estaba diciendo Benton—. Así que tanto si la culpa es nuestra como si no, aceptamos nuestra responsabilidad y nos ocuparemos de arreglar lo que ha pasado.

—Oh, Dios, eso es estupendo —comentó Maybelle.

—Sí, no podría haber salido mejor —asintió Hope.

—Bueno, eso es exagerar. He estado en los otros edificios y esta gente tiene sus casas hechas un desastre.

—Es que no todo el mundo tiene dinero para decorarlas como es debido.

—No estoy hablando de dinero. Lo que sucede es que no respetan la armonía. Voy a organizar unos seminarios gratuitos de *feng shui* para esta gente.

—Es estupendo, Maybelle. Por cierto, ¿cuándo quieres que te pague la…?

—¿La factura? —terminó la frase por ella—. Ya te la mandaré uno de estos días. Y ahora, adiós. ¡Felices fiestas!

Después de que Maybelle se fuera, Hope echó un vistazo a su alrededor buscando a Sam. Pero no había ni rastro de él.

Hope estaba sentada en el suelo, contemplando el árbol de Navidad. Debajo de él, estaba el regalo para Sam. Un jersey de cachemir del color de sus ojos.

El problema era que no estaba Sam para poder dárselo. De todos modos, sabía que lo suyo no habría salido bien.

Al día siguiente, volvería a Chicago para pasar unos días con su familia. A su regreso a Nueva York, tendría que comprarse un gato y conseguir un trabajo nuevo.

En ese momento, sonó el teléfono.

—Hola.

—¿Sam? —dijo ella con voz temblorosa.

—¿Estás ocupada?

—No, estoy delante del árbol de Navidad, contemplándolo.

—Bueno, es que tengo un regalo para ti y me gustaría dártelo.

—¿Ah, sí? —preguntó Hope—. Pues yo tengo otro para ti.

—Entonces me pasaré por allí en… minuto y medio —aseguró él.

Cuando le abrió la puerta, Hope tuvo que hacer un gran esfuerzo para no echarse en sus brazos. Lo que habría sido difícil, por otra parte, ya que él llevaba una jaula en la mano.

Por los maullidos era evidente de qué se trataba.

—Ahora verás —dijo él, destapando una de las jaulas.

Se trataba de un gatito precioso, de pelo

largo y ojos azules.

—Oh, Sam, es muy bonita —dijo, agachándose para acariciar al animal.

—Bonito —la corrigió él—. Es un gato. El animal echó a correr y se metió en el dormitorio.

—Me encanta, Sam. Muchas gracias —aseguró ella, abrazándolo y dándole un beso—. ¿Me has perdonado ya por no haber confiado en ti?

—Claro que sí. Además, tenías razón. Por un momento, me olvidé de mis prioridades. Es normal que te enfadaras conmigo —dijo él, llevándola hasta la cama—. Pero, ¿confías en mí ahora? Recuerda que estoy en el paro. ¿Confías en que podré conseguir otro trabajo y convertirme en un ciudadano responsable?

—¿Quieres decir que si confío en que podrás alimentar una familia? —Hope comenzó a besarle el cuello—. Porque como yo también estoy en el paro, quizá sea el momento adecuado para tener un hijo.

—Mientras nos tengamos el uno al otro, todo irá bien —dijo él, tumbándose al lado de ella sobre la cama.

Hope se apretó contra él mientras se despertaba en ella un deseo incontrolable.

Entonces Sam la besó apasionadamente y ella le desabrochó la camisa, impaciente por sentir el vello del pecho de él contra sus senos.

—Oh, Dios —exclamó entonces Hope al ver que el gato estaba en lo alto del árbol de Navidad, luchando contra la estrella de goma espuma.

Se levantó y fue a agarrar al animal.

—Me parece que vas a encajar bien en esta casa —le dijo al gato mientras le desenganchaba las garras de la estrella.

Igual que Sam.

Hope decidió llamar Feng Shui al gato.

Pasaron las navidades juntos. Primero estuvieron con la familia de Sam y luego con la de Hope. Feng Shui fue con ellos.

En febrero, Hope y Sam fundaron su propia empresa.

Se casaron en marzo, decidiendo que si después de trabajar juntos no se habían peleado todavía, su matrimonio podía durar.

Susana Summer-Sharkey nació el día de Navidad del año siguiente. Como habían montado una guardería infantil en su empresa, podían llevarla con ellos al trabajo todos los días.

Con Feng Shui no había ratones en la casa, pero tuvieron que cambiar las cortinas dos veces.

Maybelle se siguió encargando de la decoración, pero sin mandarle ninguna factura a Hope.